A ÚLTIMA VOLTA DO RIO

NEI LOPES

A ÚLTIMA VOLTA DO RIO

1ª edição

EDITORA RECORD
RIO DE JANEIRO • SÃO PAULO
2023

CIP-BRASIL. CATALOGAÇÃO NA PUBLICAÇÃO
SINDICATO NACIONAL DOS EDITORES DE LIVROS, RJ

L854u   Lopes, Nei
         A última volta do Rio / Nei Lopes. – 1. ed. – Rio de Janeiro :
         Record, 2023.

         ISBN 978-65-5587-662-8

         1. Romance brasileiro. I. Título

22-81842   CDD: 869.3
                                CDU: 82-31(81)

Meri Gleice Rodrigues de Souza – Bibliotecária – CRB-7/6439

Copyright © Nei Lopes, 2023

Texto revisado segundo o Acordo Ortográfico da Língua Portuguesa de 1990.

Todos os direitos reservados. Proibida a reprodução, no todo ou em parte, através de quaisquer meios. Os direitos morais do autor foram assegurados.

Direitos exclusivos de publicação adquiridos pela
EDITORA RECORD LTDA.
Rua Argentina, 171 – Rio de Janeiro, RJ – 20921-380 – Tel.: (21) 2585-2000.

Impresso no Brasil

ISBN 978-65-5587-662-8

Seja um leitor preferencial Record.
Cadastre-se no site www.record.com.br
e receba informações sobre nossos
lançamentos e nossas promoções.

Atendimento e venda direta ao leitor:
sac@record.com.br

Ibayê, bayê, tonú!
(Saúdo minha Ancestralidade)

Laroyê, Elegbá. Agô!
(Peço licença ao Dono da Força, abridor dos caminhos)

Em memória de Joel Rufino dos Santos, historiador e
ficcionista, sempre presente.

Esta é uma obra de ficção. Personagens e fatos reais aqui eventualmente mencionados o são apenas como marcos históricos na linha de tempo da narrativa, sem nenhum outro compromisso com a realidade.

Um romance poderia ser elaborado como uma balsa de esperança, percepção e entretenimento que poderia ajudar a nos manter flutuando enquanto tentássemos negociar os obstáculos e redemoinhos que marcam os rumos vacilantes de nosso país rumo ao ideal democrático, ou para longe deste.

Ralph Ellison, sobre a literatura de
Mark Twain, em *Homem invisível*, 1981

Agradecimentos

Sinceros agradecimentos às amigas Mirian de Carvalho e Irene Ernest Dias pelo precioso aconselhamento, nas primeiras tentativas para chegar a este texto; e ao editor Rodrigo Lacerda, por organizar o "afoxé" na rua.

1

Sexta feira, oito e quinze da manhã, movimento grande já, no centro da Cidade. O velho Maurício de Oliveira vê a hora, o Omega no pulso direito contrariando a norma. Com os automáticos, que dispensam "dar corda" como os de antigamente, a exclusividade do pulso esquerdo não faz mais sentido, embora continue sendo o padrão. Relógio de homem é no pulso esquerdo, diz o costume. Mas ele não liga pra essa bobagem.

Veste uma *guayabera* cubana, o mulato velho. Comprada no mercado dos *Siete Camiños,* na velha Havana de tantos boleros e guarachas, combina com a calça de linho feita sob medida pelo Jovem, o bambambã do Elite e de Copacabana. Na cabeça, não pra esconder a calva, mas por *chinfra*, como ele diz, um boné Kangol, da Mayer The Hatter — "em Nova Orleans desde 1894". E nos pés, sapatos "esteirinha" do Souza, ainda na Marechal Floriano. Tudo imaculadamente branco. Porque é sexta-feira.

Aberto o sinal de pedestres, ele atravessa a avenida Antônio Carlos, em frente ao ostentoso palácio do Ministério da Fazenda — o "Tesouro", como dizia o Velho. Anda devagar, pois não tem nenhuma pressa. Saiu cedo de casa, hoje. Pra avivar a memória, numa espécie de turismo rememorativo, sentimental, saudosista. Devagar e sempre.

O detonador deste passeio proustiano foi um sonho que teve com o pai, noites atrás. Sonhou com a primeira vez que foi ao Tesouro, na Esplanada do Castelo. E, numa esquina, nunca soube o porquê, chamou sua atenção a placa com o nome "avenida Nilo Peçanha".

Perguntou ao pai quem era o homenageado. E seu Quincas encheu o peito:

— Foi um grande homem. E o único presidente preto que o Brasil teve até hoje. Tinha cabelo bom, mas era preto. E foi o maior de todos, antes do Getúlio.

Aquela do presidente preto nunca mais saiu da cabeça do Maurício. Ele sabia que o Brasil tinha preto bom de bola, cantor, dançarino, enfermeiro... Mas presidente da República? Como? A novidade então virou o "segredo do Castelo" ou "da Esplanada". Que ainda hoje, embora não seja oficialmente um bairro, é um importante local do Centro da cidade. Aliás, antes da mudança, era o centro do Centro, por abrigar os prédios das grandes decisões, onde se julgavam os destinos, onde se ouvia a música mais refinada, viam-se os melhores filmes estrangeiros, tomava-se o chope mais bem tirado, cobiçavam-se as mulheres mais bonitas e invejavam-se os homens mais bem trajados. Aqui é que era o Rio, com R maiúsculo.

Um carro bacana passa e buzina. Deve ser algum conhecido. Mas o doutor Maurício Oliveira está em outro capítulo, folheando suas lembranças...

Muito, muito antes, a colina, conhecida como morro de São Januário, teve também outros nomes. E foi chamada de morro do Castelo por causa de um forte construído lá em cima, nos primeiros tempos, posto abaixo, no começo do século XX, para a expansão da cidade, numa sequência de ações em que tudo foi derrubado. Todo o material retirado do desmonte foi usado no aterro da área em frente ao atual Museu Histórico, perto do aeroporto Santos Dumont, e na terraplenagem de diversas outras. No lugar do morro, abriram-se vias importantes, principalmente na ligação com a Zona Sul. Pois aqui é que era o centro do Centro, ou seja, "a Cidade", como se dizia. Exatamente aqui, onde o doutor Maurício de Oliveira está agora, lembrando, lembrando, lembrando...

2

Em sua casa e nas vizinhanças, Maurício, dengosamente paparicado como "Cicinho", foi o primeiro — e durante um bom tempo, o único — a cursar o "ginásio", como então se chamava o curso ginasial, primeira parte do ensino médio. A escola foi o Imperial Colégio Barão do Rio Negro, que o povo só chamava de Barão. Não era pra qualquer um essa escola! E o moleque, ainda por cima, passou em primeiro lugar no concurso, com nota 8,2.

Dava gosto de ver! Coquinho raspado à máquina zero, com aquele topetinho, calça curta ainda, hasteando a bandeira, puxando a cordinha, fazendo força mesmo, coitado, e o auriverde pendão subindo lentamente ao som do Hino.

— Que orgulho não deve estar sentindo o pai desse menino, hein?!

— É este criado que vos fala, cidadão! — Assim disse Joaquim Benedito de Oliveira, o seu Quincas, no pátio do Colégio, em março de 1953.

E era orgulho, mesmo. Da família, da rua, do bairro. Num tempo em que preto não passava nem na porta do Madureira Tênis Clube, e que no subúrbio, segundo voz geral, a maioria do povo era de vagabundo, cachaceiro, operário, barnabé, motorista de bacana e polícia. E o Cicinho, com 11 anos de idade, já estudava, escrevia, falava bonito e usava óculos.

Seu Quincas nasceu em 1888. E provava, mostrando a carteira de identidade como um troféu. Então, pelo menos legalmente, os avós do garoto não foram cativos, como se poderia supor. Dezessete anos antes da chamada Lei Áurea, passou a vigorar a lei que emancipou as crias das mulheres escravizadas, a do "Ventre Livre". Nesse mesmo ano, os resultados do recenseamento informavam que o percentual dos ainda cativos era de 33% em toda a província do Rio de Janeiro e, no município da Corte, a capital imperial, esse percentual era de apenas 18%. Entretanto, quase metade da população tinha origem na África, ou seja, em cada dez habitantes, em tese, cinco descendiam de africanos; e, desses cinco, dois tinham sido de alguma forma escravizados.

A infância de seu Quincas, se é que teve alguma, com toda a certeza não foi nada confortável. Ele tinha os nomes de pai e mãe na carteira de identidade. Mas esses avós sempre foram um mistério pro Cicinho, pois o Velho, como ele sempre se referia ao pai, nunca contou nada a respeito. Sobre o Rio de Janeiro do seu tempo, sim, seu Quincas falava muito. E sempre com certo orgulho e alguma saudade.

— A avenida foi inaugurada no dia 7 de setembro pelo presidente Rodrigues Alves e em 15 de novembro foi aberta. Mais tarde fizeram a arborização, que começou com uma muda de pau-brasil. Mas quando a avenida foi aumentada tiraram a calçada que dividia ela ao meio e também as árvores. Foi uma pena. Mas no final do Pereira Passos na prefeitura o centro da cidade já era uma outra coisa. E muito mais bonita. — Assim dizia o pai do nosso herói.

O Velho era operário, embora trabalhasse para o governo. Ganhava pouco, mas era federal. E isso dava alguma segurança à família, que pôde ir melhorando um pouquinho de condição, mormente depois que os primeiros filhos começaram também a trabalhar. Mas antes de ser "artífice da Oficina de Obras e Reparos da Casa da Moeda" — como fazia questão de frisar —, ele suava na construção civil, num tempo em que um dos seus maiores feitos, sempre lembrado, foi na pavimentação da avenida Central, ainda rapazinho, como ajudante de calceteiro.

— Hoje é avenida Rio Branco, mas antes se chamava avenida Central. E antes mesmo de tudo era só um caminho entre o morro do Castelo e os de Santo Antônio e São Bento. Até que, no governo do presidente Rodrigues Alves, o engenheiro Pereira Passos, que era o prefeito, mandou botar tudo abaixo pra abrir a beleza que é hoje, como se fosse uma avenida francesa. E eu tive a honra de botar a minha mão lá, como ajudante de calceteiro, assentando as pedras portuguesas na calçada. Cicinho achava seu pai um coroa saudosista.

A antiga avenida Central, que, depois da morte do barão, passou a se chamar Rio Branco, é a via que liga a área do Cais do Porto à avenida Beira-Mar, no caminho da Zona Sul, foi a principal obra da grande reforma que modificou totalmente o centro da cidade no início do século XX.

— Na época eu não lia nada; só sabia rabiscar meu nome. Mas sempre soube que a cidade, fundada lá perto do Pão de Açúcar, foi depois pro morro do Castelo. Esse morro ia dali, de onde é hoje a rua de São José, perto do Tribunal de Justiça, até a Santa Casa. Uma parte do lugar ficou conhecida como Esplanada do Castelo. Eu não tenho leitura nenhuma. Mas aprendi que esplanada é um terreno que foi aplainado pra virar um largo, uma praça. Compreendeu? E aí o nome pegou mesmo. De forma que chegou até a servir pra uma loja de roupa fina pra homem. Que foi uma das primeiras onde a gente podia comprar e pagar à prestação (a crédito), como hoje se diz.

Seu Quincas tinha uma excelente memória.

Com os suntuosos prédios do Theatro Municipal, da Biblioteca Nacional e do Museu de Belas Artes, que mais tarde abrigou a Escola Nacional de Belas, a avenida foi inapelavelmente afrancesada. E sobretudo por isso, até meados da década de 1960, a área foi um local de passagem obrigatória. E isto porque ali ficava a primeira Esplanada dos Ministérios, formada pelos ministérios do Trabalho, da Fazenda, da Educação e Cultura, que lá ocupavam majestosos palácios, ainda de pé, além de várias outras construções históricas.

O doutor Maurício de Oliveira segue envolto em suas lembranças... A Esplanada, o Tesouro, o presidente preto...

Como o Velho contava, além de edifícios do governo, na avenida Central ergueram-se vários hotéis, sedes de empresas, jornais, clubes etc., que enchiam de orgulho os cariocas e, de inveja, os ricaços do interior, muitos deles arranjando pretextos para vir morar um pouquinho na maravilhosa capital carioca.

Na família Oliveira todos eram cariocas da gema. Mas isso de não ter nenhum parente, mesmo distante, nascido ou criado em outra localidade, ou em outro estado, não incomodava ninguém. Mas Cicinho de vez em quando pensava nisto. Seu pai e sua mãe — com idade para serem seus avós — nunca tinham ido nem mesmo até Petrópolis, Cantagalo, Maricá ou Barbacena, lugares de que sempre se falava. Nem nunca receberam em casa, pra passar uns dias, pessoas de fora. Isto durou até o tio Gumercindo arranjar uma mulher baiana, a Tia Hildete, que tinha um filho, o "primo" Eládio.

Tio Gumercindo era sargento da Aeronáutica. E bem depois da Guerra, sem saber ao certo o porquê, foi transferido para a base aérea de Natal, Rio Grande no Norte. Desta forma, Eládio um dia se tornou o primeiro membro da família a viajar de avião.

— Não foi sopa não, primo. As nuve tava tudo congelada; e aí o bicho ia quebrando o gelo com o bico e cortando com as asa, tremendo tudo. E a gente lá se sacudindo, tremendo todo também.

De vez em quando, Cicinho lembrava boas histórias da família. Como essa, em que debochava do primo enfrentando sua primeira turbulência aérea, ao desbravar os céus rumo ao Nordeste. Sacanagem de carioca, filho e neto de cariocas! Como pensava.

O Velho era de São Cristóvão. De perto da Quinta da Boa Vista, assim chamada porque fica numa parte alta, de onde, na época, se avistava uma espécie de oásis no meio do pântano que cobria a zona de praia, além da Gamboa. Ele não sabia quase nada sobre sua família. Nunca falou de parentes, muito menos de fora do Rio. E sua Velha também tinha orgulho de ser carioca: do século XIX, como ele. Só que do Catumbi, ou de Santa Teresa, num tempo em que estes bairros ainda se confundiam.

Dona Dina, a mãe do Cicinho, lembrava bem da rua Itapiru, que até hoje liga o Catumbi ao Rio Comprido; não se esquecia do flautista Pixinguinha nem do cantor Vicente Celestino, moradores de sua vizinhança, os quais ela sempre via passar, a caminho da cidade. E uma outra circunstância, embora lúgubre, volta e meia propiciava o encontro da jovenzinha com gente célebre ou famosa, como naquele fevereiro de 1912. Tinha ela uns 12 anos quando morreu o barão do Rio Branco. O cemitério de Catumbi, consagrado a São Francisco de

Paula, era o mais antigo da cidade e o primeiro a céu aberto. Na crença popular, era um campo-santo. E, como o corpo ia ser enterrado lá, ninguém quis perder aquele espetáculo.

A lembrança do cortejo suntuoso, cheio de pompa, nunca mais saiu da mente de dona Dina, cujo nome, Leopoldina, homenageava a primeira imperatriz do Brasil. Também, pudera! Imaginem aquele coche com quatro colunas pretas sustentando a cúpula redonda, com ornatos bordados em ouro, e puxado por quatro belos cavalos negros, reluzentes! Imaginem esses animais emplumados e empenachados, com arreios também revestidos de elementos dourados! E os acompanhantes? Graves, de luto: colarinhos engomados, os senhores mantilhas negras nas cabeças, as senhoras. Imaginem isso na mente de uma menina de 12 anos!

Hoje em dia quase todo mundo sabe que a proclamação da República não foi lá muito bem-vista pelas classes populares no Brasil. Afinal, o último imperador era tido como um homem bom, católico, exemplar chefe de família, amante apenas das ciências e das artes. E, no fundo, o que os militares do Exército fizeram com ele foi uma patifaria, uma tremenda sacanagem. O homem estava em Petrópolis, descansando, quando soube da bagunça. Arrumou-se às pressas. Quando chegou, no Campo de Santana, um oficial lhe deu voz de prisão. Isso é coisa que se faça? Dona Dina, até o fim da vida não se conformou.

E não foi só ela, não! As escolas de samba, por exemplo, até ali pelo início da década de 1970, só queriam saber de monarquia. O leitor e a leitora mais velhos, chegados a um ziriguidum, certamente se lembram de alguns enredos marcantes daquela época. *O último baile da Corte Imperial; As glórias e os amores de dom Pedro I; Legados de dom João VI; Apoteose econômico-financeira do Segundo Império; Exaltação à princesa Isabel...* E mesmo fora do samba temos exemplos desse xodó brasileiro pela monarquia. Vejam-se: o *Rei do futebol;* a *Rainha do mar; o Rei dos tecidos; o Rei da cocada preta; o Barão das cabrochas; o Engenho da Rainha; a "minha princesa".*

Não quero dizer que os antepassados do Cicinho tenham sido monarquistas. Mas as solenidades, com "pompa e circunstância", foram sempre do gosto do povão brasileiro — aliás, numa expressão mal traduzida do inglês onde *circumstance* quer dizer apenas: "cerimônia", "formalidade". Além disso, a família Oliveira se orgulhava de ser carioca. E tinha razão, pois a cidade daquele tempo — pela paisagem, por sua gente, pela música, pelo esporte, pela cultura, pelo lazer e tudo o mais — merecia ser chamada de *Merveilleuse,* como disse uma francesa cujo nome agora me foge à memória. E eram getulistas — o que todos afirmavam batendo no peito. E se alguém contestava, chamando Getúlio de ditador, fascista ou coisas piores, o Velho dizia, de forma convincente:

— Teve dois Getúlio, rapaz! O ditador era o Dornelles e o nosso é este aqui — mostrava o retrato na parede. —

Este é o Presidente Vargas, "o estadista, idealista e realizador", como diz o samba do Padeirinho da Mangueira.

Getúlio mandava mesmo naquela casa. Tanto que, nas eleições de 1950, seu Juca Reis, que era tio de dona Dina, resolveu levar lá um amigo que era candidato a vereador. Os rapazes da família eram quase um time de futebol e tinham muitos colegas eleitores. O quintal era grande, a turma era animada, e o candidato mandava no mercado de peixes da Praça Quinze. Então, marcou-se uma peixada para o feriado de 7 de setembro. O candidato ia entrar com tudo. Mas a rapaziada tinha que ir lá buscar o peixe no mercado.

Cicinho era bem pequeno, mas lembrava detalhes daquela festa. Os dois irmãos mais velhos acordaram cedo para ir buscar o peixe, sem se dar conta de que moravam no longínquo Irajá; de que o centro da cidade ficava *lá embaixo*; de que, por causa do feriado, não havia ônibus nem lotação. E, mais, de que então teriam de ir de bonde até Madureira, pegar o trem até a Central do Brasil, de onde tinham de tomar outro bonde até a Praça Quinze, lá pegar o peixe e depois refazer todo esse caminho de volta. Pobres dos irmãos mais velhos!

Por volta do meio-dia, três carros bacanas, do ano, um deles de chapa branca, reluzentes, pararam no portão, trazendo não só o candidato a vereador como os postulantes aos cargos de deputado federal e senador, num Rio que ainda era a capital e em que os políticos ainda usavam ternos de linho branco, suspensórios e gravatas no pescoço. Hoje ninguém se lembra dos fogos

Adrianino. Mas eram os que os cabos eleitorais soltavam. E, ao mesmo tempo, os músicos da casa e da vizinhança já afinavam seus instrumentos, num lado do quintal todo embandeirado de verde e amarelo.

O peixe só chegou no final da tarde, nas costas dos pobres irmãos mais velhos, esfalfados, suados, fedorentos. E Cicinho, o caçula da família, não foi capaz de lembrar se a carga mortífera, de uns cinquenta quilos, foi frita, escaldada ou jogada no lixo. O que ele me contava é que ali, numa bronca silenciosa, nasceu o núcleo udenista da família, integrado por dois, dos doze irmãos, que se tornaram seguidores e eleitores do jornalista e político Carlos Lacerda, inimigo mortal de Getúlio Vargas. Mas o Velho permaneceu getulista até o fim da vida. E, como Lacerda era contra a mudança da capital, seu Quincas foi a favor, mesmo com Vargas já falecido havia seis anos, numa data que Cicinho jamais esqueceu.

Naquele dia 24 de agosto de 1954 a manhã corria aborrecida. Aula de matemática em dois tempos, e, já no segundo, aquelas raízes quadradas perturbavam a mente. E as equações, embora de primeiro grau, e com apenas uma incógnita, incomodavam a digestão do café da entrada, com leite, pão e manteiga.

A escola era pública; e séria. Numa época em que, entretanto, alguns conceitos e avaliações eram apenas levemente percebidos.

Naquele tempo, chamar um negro de "crioulo", "miquimba", "tiziu", "pau-queimado" não tinha nada de mais. Ser preto ou branco eram circunstâncias até celebradas, como naquelas disputas de futebol incentivadas pelos instrutores de ginástica. De um lado, o esquadrão formado por Álvaro, Russinho e Paulo Emílio; Breno, Glauco e Alemão... Do outro, os nossos: Chaminé, Azeitona e Jamelão; Chocolate, Blecaute... Ali, a memória de Maurício de Oliveira falhava. Até mesmo porque, segundo ele, inventava nomes, para preservar a identidade dos colegas.

Pois bem! Café da manhã, aulas de cultura geral (latim, francês, inglês, canto orfeônico) até a hora do almoço. Cultura técnica (mecânica, fundição, marcenaria...), à tarde. Esse currículo, unindo ensino clássico e técnico, quebrava preconceitos. Filho de pobre também podia ser humanista e rico ou remediado podia ser mecânico também. E quem juntou essas duas possibilidades enxergou longe. Depois, era Cultura Física, até o anoitecer. Então, janta, leitura e cama, para o pessoal do internato. E volta para casa, abatidos, mas esperançados da vida, para os semi-internos.

Mas o bom mesmo eram os intervalos e tempos vagos. Quando a moçada trocava suas experiências musicais comunitárias. E nesses preciosos momentos o aluno Maurício de Oliveira conheceu os sambas dos redutos históricos, Estácio, Salgueiro, Mangueira, Oswaldo Cruz e Matriz, que até hoje florescem e dão frutos. Mas voltemos a 1954.

A escola ocupava um terreno de vários alqueires, perto da Vila Militar. E naquela manhã de agosto a aula parecia não terminar nunca. Até que, providencialmente, chega à porta o inspetor-geral. Pede licença, entra. Pálido e trêmulo, cochicha alguma coisa no ouvido do professor e sai, quase chorando. Expectativa geral. O mestre, perturbado também, mas fleumático, despe o guarda-pó, limpa o giz das mãos, vai vestindo o paletó enquanto avisa:

— As aulas estão suspensas. O presidente da República acaba de cometer suicídio.

Um a um, então, os alunos foram saindo, caras de pau, tentando mostrar tristeza, quando por dentro o que rolava era o frisson da alegria, por aquele feriado inesperado. Em vez de equação, a pipa no alto e o pião gungunando; no lugar das razões e proporções, o racha, a pelada, a paçoca, o pé de moleque, o refresco de groselha. Qual o quê!

— Em casa, minha mãe chorava e, lívido, meu pai escutava o rádio. Compungidas, minhas irmãs arrumavam a casa. E meus irmãos iam chegando do trabalho, para o funeral de nossas ilusões.

Assim nosso herói verbalizou o drama. Entretanto, na ingenuidade dos seus 12 anos, ele jamais poderia imaginar que a partir dali tudo seria diferente: ensino, família, saúde, trabalho. Mesmo porque ele e os irmãos nunca se haviam considerado pobres. Sua casa feita aos poucos pelo próprio pai, com a ajuda de parentes e vizinhos, tinha três quartos, sala, sala de jantar, cozinha e banheiro. Como quase todas as casas da vizinhança, não tinha laje nem nada nas paredes a não ser emboço e caiação. Mas acomodava, com algum conforto, a numerosa prole, na qual ele, sem dúvida, tinha privilégios. E, situada numa rua, não era, segundo sua visão, uma casa de pobre, pois os assim considerados viviam em cortiços ou favelas.

Quase sempre erguida num terreno invadido, favela é, em síntese, um aglomerado de casebres construídos de modo improvisado e desordenado. Naquele tempo, os barracos eram feitos com restos de material industrializado, como tábuas de caixotes e folhas de flandres, ou na forma conhecida como sopapo ou pau a pique. Nesta, a estrutura é em geral feita de toras de madeira entrelaçadas na horizontal e na vertical e os espaços são preenchidos com barro formando as paredes.

Como contava Cicinho, sua casa não era assim. Então, sua família não era pobre. Até que, já no ginásio, um dia meu amigo foi à casa de um colega que morava em Cascadura; e viu de perto coisas como azulejos, ladrilhos, vidraças, cortinas, fogão a gás... E geladeira.

Isso se deu mais de seis décadas atrás. Quando no ensino secundário da rede pública não havia escola mista. E, no Barão, como em escolas coirmãs, inspetores e alunos faziam questão de frisar que lá era escola pra homem. Assim, qualquer comportamento fora desta norma era cobrado com rigor. Mas o Iracy era um caso à parte. Mulato sarará, definido na certidão de nascimento como "branco"; e filho de pai militar, achando-se rico e bonito, logo no início ganhou o apelido, que o eternizou. Na primeira chamada, o professor de português observou que Iracy era um nome epiceno, ou seja, tanto feminino quanto masculino. Aí não deu outra: Iracy virou "Epiceno". E não deu a mínima importância.

Morava em Deodoro. Era vizinho de todos aqueles quartéis e demais estabelecimentos que formavam a chamada Vila Militar, entre o seu bairro e Realengo. Tinha pavor de arma de fogo, mas era fascinado por desfiles e exercícios castrenses. E saía de casa todo dia, de manhã cedo, a pretexto de se exercitar, para ver os pelotões e batalhões de soldados, correndo e, em coro, cantando estribilhos puxados pelos instrutores: *"Pista, pista, pista! / Manda bala / pra acabar com comunista!"*

No Barão, Epiceno, pretextando um sopro no coração, — mencionado num atestado médico jamais posto em dúvida pela escola — estava dispensado das aulas de Educação Física. Mas gostava de ver os exercícios e as disputas oficiais de basquete e futebol, nas quais, sempre vestindo elaboradas fantasias, nas cores do time, era o animador da torcida. E animava mesmo, inclusive com refrões provocativos, de sua própria autoria, como aqueles que conhecia, dos soldados treinando na rua: *"Barão, Barão, Barão / Nosso time é capa e espada // Ão, ão, ão, / O outro não é de nada!"*

Entretanto, pelo horror a armas de fogo, na ocasião de prestar serviço militar Epiceno foi considerado incapaz e recebeu apenas um certificado de "terceira categoria", como Cicinho ficou sabendo anos depois. E não quis, não pôde ou não conseguiu fazer curso superior.

3

A ideia que resultou na transferência da capital para Brasília, a segunda em nosso país, tinha vindo de longe, do tempo do marquês de Pombal, que, aliás, foi o responsável pela primeira, da Bahia para o Rio de Janeiro. O pessoal da Inconfidência Mineira também queria levar a sede do reino para seu reduto, São João Del Rey, mas não deu. Da mesma forma, um almirante inglês botou na cabeça de dom João VI que o comando do país deveria ficar no interior: uma Nova Lisboa no Brasil Central. Mas Napoleão Bonaparte não deixou. E um pouquinho depois, José Bonifácio quis levar o centro do poder para a Comarca de Paracatu, no noroeste de Minas. Cada um puxando a brasa pra sua sardinha.

Eu sabia um pouquinho dessa trama. E também do sonho de Dom João Bosco, padre italiano que sonhou com Brasília, na década de 1830, e foi canonizado cem anos depois.

*Naquela linda noite de luar, em que não havia nin-
guém a me esperar, eu, da janela do claustro, fitava a
lua. De repente, sem que soubesse de onde tinha vindo,
uma nuvem de querubins e serafins, voando em meio
a uma chuva de prata, sob o comando de um arcanjo
luminoso, me arrebatou e me levou através do infinito.
Foi aí que tive a visão, lá embaixo, de um lugar que eu
não associava a nenhum outro já visto. E o arcanjo
me anunciou o futuro surgimento, ali, de uma grande
civilização, que redimiria a humanidade de todos os
seus pecados e imperfeições.*

Essa era a lenda, escrita em um livro de nossa adolescência católica. Nela, os anjos menores não revelavam
ao santo a localização exata dessa nova Terra Prometida.
Mas o arcanjo, falando em cordilheiras, rios caudalosos,
matas verdejantes, planícies imensuráveis, insinuou que
seria na América do Sul:

*Daqui a três gerações, quando escavarem as minas que
jazem no seio destes montes, aqui surgirá a Grande
Civilização, a Terra Prometida, de riquezas inimaginá-
veis, onde o leite e o mel brotarão do chão, para nutrir
e deleitar todos os animais e humanos de boa vontade.*

Com o advento da República, a Constituição chegou até
a fixar o local onde deveria ficar a capital. Mas na década
de 1930 Getúlio esqueceu ou fingiu esquecer o assunto.

— O Dornelles era gaúcho mas o Vargas era carioca, meu chapa. Tomava chimarrão com cerveja, comia

churrasquinho no espeto de bambu, e fazia um ré-sol--si-ré no cavaquinho. Pouco, mas sabia. — A mitologia popular ia cada vez mais fundo.

Mas o projeto só saiu mesmo do papel com o presidente JK, mineiro como ele só. Entretanto, quando foi divulgado, outro mineiro, o professor Darcy Ribeiro, concebeu um plano mais econômico: criar um grande canal navegável no interior do país, de modo a facilitar a colonização com pequenas propriedades, em ambas as margens. E isso seria inteiramente possível com uma ligação entre o rio Grande e o rio Paraná; e outra, desses rios com o Araguaia e o Tocantins. Aí, se abriria uma grande via fluvial, de Belém a Buenos Aires, criando, ao longo dela, de cada um dos lados, extensões de terras de cem quilômetros de largura.

Darcy pensava coisas do arco-da-velha! Mas a ideia de transferir a capital do Rio para o interior dividia tanto as autoridades quanto o povo. Algumas autoridades da Marinha, por exemplo, eram totalmente contra. E entre a população, havia também argumentos absurdos, tanto contestando quanto aprovando a mudança. Um deles, sem pé nem cabeça, alegava que a Marinha brasileira nunca lutou no mar. E que os combates vencidos por ela, e que deram glória aos grandes almirantes, sempre aconteceram em rios acanhados como foi o caso da batalha do Riachuelo, que era um arroio, um riozinho, afluente do rio Paraná. Bobagem pura!

Mas, enfim, o projeto de transferência da capital saiu do papel. E da concepção até as obras, o que aconteceu foi inegavelmente uma epopeia. Porque este era o nome que designava, na Grécia antiga, o conjunto dos feitos de um herói ou de uma nação narrados em forma de poesia. Quanto ao nome, Brasília, dizem que foi invenção de José Bonifácio, o patriarca da Independência. E com a aprovação de Kubitschek, foi aceito por unanimidade e dali a pouco se começava a erguer a nova cidade.

Os cariocas, como não podia deixar de ser, ficaram incomodados com a proximidade da mudança. E muito. Principalmente os funcionários públicos, que resistiam, com muita raiva, a se mudar para Brasília; o que obrigou o Governo a criar a chamada "dobradinha", como se denominou o salário em dobro pago aos que aceitassem ser transferidos.

Com a Novacap, companhia especialmente criada para erguer a capital, através de uma lei que permitia ao governo gastar o que quisesse, mesmo sem autorização do Congresso, o projeto foi se tornando realidade. E a primeira prova concreta foi o Catetinho, um "palácio" de tábuas, erguido no meio do mato, e assim chamado em alusão ao Palácio do Catete, sede do governo da República no Rio de Janeiro.

Ainda nem inaugurada a sede do governo, o novo Distrito Federal já tinha uma população de mais de 17 mil habitantes, funcionários e candangos, nome africano que designava os operários braçais envolvidos na construção. Recorrendo à Novacap, o governo federal fazia o que queria, movimentando milhões e milhões, sem ter que prestar contas detalhadamente. Isso levou alguns parlamentares a uma tentativa de boicote, articulada pela oposição no Congresso. Mas, dentro do maior partido opositor, a conservadora UDN, havia alguns parlamentares da região, interessadíssimos na ida da capital para mais perto de seus estados.

— A gente vai fazer lei praticamente dentro de casa, compadre!

— Beleza pura! Isto sim é que é domicílio eleitoral!

Nessa onda, JK sancionou uma lei que permitia à oposição fazer parte das comissões responsáveis pelas verbas da Novacap. Malandragem do presidente! Destarte, se continuassem as denúncias de corrupção, a UDN teria que investigar seus próprios correligionários.

Então se promulgou a lei que marcava a data da transferência. As discussões eram acirradas, mobilizando muita gente e alcançando os jornais, o rádio e a televisão. No rádio, que atraía um número incalculável de ouvintes, a polêmica sobre o assunto se alastrava, animada por participações, em ambos os lados, de políticos, intelectuais, artistas e líderes populares.

A televisão, com tudo ao vivo, pois ainda não existia o videoteipe, desempenhou papel muito importante também. E, assim como tinha sido o rádio nas décadas anteriores, a força desse novo veículo era muito significativa na cidade do Rio, o que foi logo percebido pelos políticos mais espertos e traquejados. Os cariocas liam muito jornal e revista. E sabiam o que significava a mudança da capital para o centro do país, principalmente levando-se em conta que o Rio, através dos séculos, tinha se firmado como a capital da unidade nacional.

Na outra ponta da corda, com a nova cidade ganhando corpo, e a dívida externa crescendo, os magnatas queriam que ela se chamasse *Expensiville*, nome cínico e arrogante, que aludia aos gastos astronômicos e à dissipação de recursos que a construção e a urbanização tinham consumido, além dos gastos com desapropriação e regularização fundiária que ainda estavam por vir. Os mais simples, entretanto, preferiram o nome Carolândia; e este foi o nome mais votado na consulta pública feita pelo governo, antes da mudança. Entretanto, os conservadores vetaram. E ficou Brasília mesmo.

As cerimônias da inauguração da nova capital iniciaram-se naquela bela tarde de outono, com a entrega da chave da cidade ao presidente. E no primeiro minuto do dia 21 de abril de 1960, durante uma missa solene, romperam-se todos os lacres, selos e fitas isolantes e Brasília foi inaugurada. Em um clima de grande emoção e euforia, o presidente abraçava o "candango-padrão", representante de todos os outros.

Oito horas da manhã soou o toque de alvorada, vibrado pelos clarins da banda dos Fuzileiros Navais e minutos depois Juscelino hasteou a bandeira nacional diante do Palácio do Planalto. Iniciando suas atividades como capital, Brasília, emocionada, via o presidente receber os cumprimentos das delegações diplomáticas.

Durante toda a manhã sucederam-se as inaugurações: da catedral, ainda inacabada; da arquidiocese; do

Congresso Nacional, de onde o presidente saiu carregado nos ombros pelos parlamentares. À tarde, a população se reuniu no Eixo Rodoviário Sul, para vibrar ao som das marchas e dobrados, sobretudo compostos por John Phillip Souza, de um grande desfile militar. As comemorações só se encerraram oficialmente na noite de 23 de abril, com a representação de um auto que narrava, alegoricamente, a fundação das três capitais brasileiras, destacando o contraste entre o que era velho e desprezível e a modernidade; resgatando figuras históricas, mas apontando para um futuro brilhante, simbolizado no cenário colorido pelos fogos de artifício e diante do aplauso frenético da população.

— Esta é a cidade do século, a maior invenção arquitetônica de todos os tempos, criada num só impulso, segundo uma mesma inspiração — dizia o professor Darcy, eufórico demais.

Igualmente entusiasmado, o presidente acatou as novas regras do jogo capitalista, abrindo o país à internacionalização de sua economia e ao endividamento.

— Mas acabou por acelerar perigosamente o processo inflacionário — replicou o padre Bento, com um muxoxo, e caindo fora, sob o argumento de que tinha muito que fazer.

Um dos líderes espirituais mais conhecidos e respeitados no subúrbio carioca, esse padre, embora sem ser oficialmente pároco ou ter qualquer cargo dentro da hierarquia da Igreja, foi, durante muito tempo, uma espécie de "santo" para os moradores da Freguesia de

Nossa Senhora da Apresentação do Irajá. Cicinho, que tinha recebido a primeira comunhão das mãos dele, foi que nos falou de sua importância.

Freguesia — como o colega me explicou — é o nome que se dá à área de influência de uma paróquia. No Rio de Janeiro, antes do advento da Republica, a administração da cidade era feita por freguesias, como hoje são por regiões administrativas. A freguesia do Irajá era uma das maiores e, nela, toda manhã, antes da missa das sete horas, o padre Bento era visto em longas caminhadas, em todas as direções daquela enorme vastidão de terras, povoada por chácaras, sítios e fazendas, à beira de estradas de areia branquinha, como a do Quitungo, a da Água Grande, a do Colégio, a de Brás de Pina. Lá ia ele, levando consolo aos aflitos, esperança aos desesperados, paz aos inquietos... Mas sem deixar de dar bronca nos cachaceiros e vagabundos, encarar os valentões, ameaçar os agiotas, condenar os políticos corruptos, sempre com um sermão de acordo com a falta de cada um.

O religioso era muito inteligente, *apesar de ser preto*, como Cicinho dizia ter visto e ouvido muita gente falar, inclusive em sua própria casa. Também muito pobre, ainda bem jovem começou a vida como ajudante de padeiro num convento em Diamantina, sua cidade natal, e acabou se tornando um frade beneditino, exatamente como São Benedito. Mas, por razões nunca reveladas, jamais quis ser chamado de frei ou frade.

Por sua reputação como grande conhecedor da história da evangelização europeia na África, ao padre Bento, quando deste evento monumental, foi dada a incumbência de levar dois bispos africanos, um de Uganda e outro do Congo Belga, cada um com seu respectivo secretário, à inauguração da capital. Mas as coisas não ocorreram tão bem quanto imaginava, como ele contou numa entrevista:

Às sete e meia da manhã, no Aeroporto Santos Dumont, o padre e os africanos embarcaram no Convair da Varig, que depois de umas três horas aterrissou em Brasília. A primeira surpresa foi que, no desembarque, não havia ninguém para receber os cinco. Que, bastante embaraçados e contrariados, não encontravam nenhum cristão que lhes indicasse para onde deveriam ir e de que modo. No aeroporto, ainda inacabado, havia um grupo de moças identificadas como recepcionistas. Mas eram orientadoras desorientadas, como Cicinho, com algum humor, definiu. Coitadinhas! Mas afinal, arranjaram um carro de praça que levou os *recém-chegados* para o hotel.

Ao descerem, os religiosos causaram muita admiração em gente que dizia não saber que existiam pretos cardeais, e passavam as mãos em suas vestes cardinalícias por acharem que dava sorte. Conseguindo se desvencilhar, chateados, os africanos encostaram suas bagagens em um canto e esperaram. Até que surgiu, não se sabe de onde, um deputado pernambucano que, condoído com a sorte dos eminentes convidados do governo e do padre que os acompanhava, levou-os para um salão de espera e solicitou ao gerente do hotel que mandasse servir almoço aos sacerdotes.

A refeição estava mais pra rango do que pra ágape — como observou um colunista carioca da *Folha de Goiás*. E Suas Eminências não comeram quase nada. Terminado o almoço, eles e padre Bento levantaram-se em busca de melhores notícias. Aí, o de mais idade chegava a puxar um ronco, de leve, quando surgiu uma pessoa informando que o cardeal de Uganda iria se hospedar no Ministério da Agricultura e o do Congo no das Minas e Energia.

Já passava das três horas da tarde quando tomaram o carro e o chofer rodou, procurando onde ficavam essas repartições. Depois de muito procurar, inclusive em locais de acesso difícil, por conta dos entulhos e restos de obras, e por ninguém saber ao certo a localização de nada, o grupo voltou ao mal-inaugurado hotel onde, agora, um amplo alojamento foi encontrado, e os três resolveram ocupá-lo em conjunto. Mas não havia móveis, só poeira. Até que, graças ao bom Deus, apareceu uma turma de jovens freiras alegres e animadas que, vendo a triste situação em que se encontravam padre Bento e os cardeais, arregaçaram as mangas, e deram uma geral nos aposentos, sorrindo e entoando cânticos corais católicos. Depois, elas mesmas, descendo e subindo escadas, numa coreografia angelical, foram trazendo camas, cadeiras e mesas de cabeceira, transformando o que era um escracho em confortáveis cômodos cardinalícios. Só que, quando todos davam graças a Deus, chegou um velho fazendeiro acaboclado, alto, forte, todo de branco, arrogante e debochado:

— Mas... O que que é isto? Preto Cardeal? Meu *apusento* virou camarim de teatro, é? — o pecuarista, do alto de suas botas e brandindo o chapelão de abas largas, dizia que aquela suíte era dele e não daqueles crioulos comunistas fantasiados de arcebispos; o que fez com que tudo voltasse à estaca zero. Mas os religiosos deram todos a outra face, cada um a sua; e a incômoda situação acabou se resolvendo.

Já era noite, e a principal solenidade da inauguração estava marcada para as 22 horas. Mas padre Bento ainda tinha que ir ao aeroporto, distante dez quilômetros, receber seu chefe, o cardeal do Rio de Janeiro. E foi enfrentando agora, além da desordem, escuridão, lama e empurrões, como Cicinho registrou, com base no diário que o padre, seu amigo, lhe confiara, antes de subir aos céus.

Até que, todos já arrumados, a comitiva tomou o carro oficial e se dirigiu à Praça dos Três Poderes, para a inauguração da capital e a bênção da cidade. Quase diante da praça, entretanto, o engarrafamento. Filas enormes de caminhões e automóveis estacionados ao longo da pista, impediam que o carro dos clérigos, apesar da tarja de trânsito livre no para-brisa, conseguisse avançar. Resumindo: o tempo passou e a comitiva dos pobres eclesiásticos ficou ora parada, ora girando à procura da entrada... Até que todos concordaram em acompanhar, pelo rádio, a solenidade, principal motivo da viagem e voltando para o hotel sem nada ter visto, a não ser de muito longe.

A *via crucis* dos religiosos, que incluiu até média sem leite e pão sem manteiga, numa barraca de estrada, e maldosa alusão de certo órgão de imprensa a "rituais misteriosos, com cânticos e tambores", supostamente praticados pelos bispos africanos no Eixo Monumental, terminou, felizmente, com a chegada, ao Rio, de todos sãos e salvos, a bordo de um Constellation da Panair.

Dias depois, narrando a saga a repórteres de jornais cariocas, padre Bento assim manifestava sua decepção:

— Eu, sinceramente, até hoje não entendi por que nós, eu e os africanos, fomos tratados daquela maneira. Não foi nada de preconceito, não, que isso não existe nem nunca existiu no Brasil. Desorganização, mesmo! Desorganização de Brasília, lugar onde nunca mais voltei nem quero voltar.

Segundo Cicinho, o velho Quincas, seu pai, nunca se aproximou do padre Bento. E achava que, se o conhecesse de perto, não iria gostar. Pelo menos, como padre. Porque o pai de Cicinho era fã, não fiel, da Igreja Brasileira, ou melhor, da Igreja Católica Apostólica Brasileira, a do bispo de Maura, com sede no subúrbio carioca da Penha; e onde Cicinho mais tarde viria a casar com a adorável Marinete Alves Campos. Mas essa história fica pra depois.

A Igreja Brasileira foi mais uma das diversas tentativas de criação, no Brasil, de um ramo nacional do catolicismo. Criada em 1945, ela teve como fundador o bispo Dom Carlos Duarte Costa, ex-titular da diocese de Botucatu, em São Paulo. Afastado do posto, na época do nazismo e do papa Pio XII, Dom Carlos foi designado titular de Maura, uma diocese ociosa, sem fiéis, localizada em território berbere no norte da África, talvez na região entre Mauritânia e Argélia, ou seja, no deserto do Saara. Tremenda sacanagem! Mas o bispo foi à forra.

Na década de 1940, ele denunciou a Operação Odessa, supostamente organizada pelo Vaticano, para facilitar a fuga de oficiais nazistas. Por isso, foi preso e excomungado. Mas ignorou a excomunhão e partiu pra outra, fundando em 1945 uma igreja a seu modo.

Sendo um sacerdote que unia a atividade religiosa ao trabalho social, inovou em vários aspectos. Rezando suas missas em português e não em latim, como era a liturgia da época, permitindo que seus padres se casassem e mantendo boas relações com outras igrejas católicas desfiliadas do Vaticano, a Brasileira foi bastante popular no Rio de Janeiro, até o falecimento do líder, dezesseis anos depois da fundação.

— O bispo de Maura virou santo, meu compadre. Foi canonizado, legal, pela própria Igreja Brasileira. Hoje ele é o São Carlos do Brasil. Na maior moral. E como nasceu aqui, morreu aqui e foi canonizado aqui também, é um santo carioca da gema e su-bur-ba-no. Como nenhum outro. E por isso, é um patrimônio da cultura carioca. Pergunta ao pessoal de Brasília se tem outro igual por lá.

Seu Joaquim Benedito de Oliveira foi batizado na igreja da Lampadosa, localizada na rua cujo nome homenageia o prefeito que modernizou a cidade carioca: avenida Passos. Homenagem a Francisco Pereira Passos. E a Lampadosa sediou a Devoção do Rei Baltazar, formada por negros africanos que, aos domingos, e principalmente no Dia de Reis, saíam às ruas cantando, dançando e tocando instrumentos de sua tradição. Li em algum lugar que a igreja abrigou uma irmandade de moçambicanos — cuja cor os colonizadores diziam ser *castanho-carregado* — e aí talvez esteja uma das vertentes que originaram a família do meu amigo.

Mas o Velho não gostava da Igreja Romana e sim da Brasileira, do bispo de Maura, onde, segundo ele, tudo era mais simples e mais sincero. E como já estava muito doente, no dia da inauguração de Brasília, o filho fez questão de que ele assistisse à festa pela televisão, colocada no quarto. E assistiu com ele, mais pelo espetáculo do que por outra coisa. Numa reunião de despedida. Ou de mudança.

4

Mas... Nesse momento fundamental para a nação brasileira, por onde andaria o inquestionável herói desta nossa talvez discutível trama?

O caso é que, na década de 1960, segundo as estatísticas, apenas 1% dos brasileiros cursava faculdade. Nesse universo, a presença de pretos e mulatos era mais do que ínfima. Gente "morena", de cabelos lisos, era mais fácil e natural: "Minha bisavó foi pega a laço no mato", diziam uns. "Meu avô era espanhol, neto de mouros da Andaluzia", outros proclamavam. Até indianos havia; mas pretos e pardos, ou seja, negros, era difícil.

Chegando à Universidade, o nosso Maurício deu-se conta de que a presença de colegas de sua condição étnico-racial, como hoje se diz, era quase nula. Mas em algumas semanas percebeu duas boas possibilidades de relacionamento. E elas se chamavam Francisco de

Paula Assis e Dora Casemiro; além de mim que, aqui, cumprindo o prometido, mantenho-me no anonimato.

Nosso pequeno grupo — apelidado de "tribo", como eu soube tempos depois — assistia às aulas noturnas, das sete às dez horas, pois todos tinham seus empregos, como aliás o resto da turma, constituída principalmente por funcionários públicos, como policiais, escreventes juramentados, oficiais de justiça etc., buscando ascensão em suas carreiras. Entre nós, Maurício trabalhava no Banco Mercantil como despachante, Francisco era auxiliar de escritório em uma fábrica, e Dora era professora.

Maurício de Oliveira, o Cicinho, como já vimos, era pobre, sim, mas tinha pai e irmãos mais velhos, o que já significava alguma garantia. Mas Francisco de Paula, o Chicão, era filho de gente paupérrima, nascido numa choupana de barro, coberta de sapê, na Baixada Fluminense. Sua mãe, sozinha, deu à luz o menino, em uma madrugada fria, quando a parteira, ao chegar, só teve o trabalho de cortar o cordão umbilical. Os anos se passaram e os pais — sapateiro e lavadeira — o ensinaram a ler e escrever, o pouco que sabiam. Assim, ele completou o curso primário e ingressou na escola técnica Visconde de Magé, onde cursou o ginasial — ainda técnico e humanista — e, no Colégio Ferreira Viana, onde fez o então chamado Curso Clássico. O colégio meu e do Maurício, da mesma rede, era o Barão do Rio Negro.

O curso ginasial, com duração de quatro anos, tinha como meta apenas apresentar aos alunos os elementos fundamentais do ensino secundário. O clássico e o científico, cada qual com a duração de três anos, tinham por objetivo consolidar a educação ministrada no ginasial, desenvolvê-la e aprofundá-la. No clássico, priorizavam-se conhecimentos de Filosofia e Letras, incluindo estudo das línguas antigas. No científico, essa formação era marcada pelo estudo mais amplo de ciências.

A escola secundária pública teve papel importante na vida do Maurício, ou Cicinho, como era chamado em casa. Lá ele participou de um concurso e, disputando o prêmio com estudantes de todo o Brasil, ficou em primeiro lugar. Seus pais vislumbravam o futuro que estava por vir. Desde pequeno, Maurício preferia os livros a brincar com a garotada.

— Cicinho! — eram frequentes as vezes que sua mãe o chamava: — Onde está esse menino? — e ele, trepado em uma árvore, lendo.

O mundo girou, o tempo passou e Cicinho cresceu íntimo dos livros, como um estudante tão brilhante quanto esforçado. E quando já portador de um certificado de reservista, de terceira categoria, que o liberava da prestação do serviço militar, trabalhava de dia e estudava à noite; sempre tirando boas notas e passando de ano sem problemas. Era um rapaz de bem, calmo e cordato. A ponto de, antes, no ginásio, nem se chatear muito com as chacotas motivadas pelo seu ar de pretinho arrumado, colarinho abotoado, gravatinha no lugar, oclinhos baratos, mas parecendo bacanas:

Casa de sapê com vidraça!
Preto com luxo, fede a bucho.
A culpada é a Princesa Isabel.
Nego do cabelo duro, qual é o pente que te penteia?!

As "brincadagens", vindas até do professor de Educação Física, metido a gaiato, inconveniente e antipedagógico, ele devolvia, sacaneando também:

— O branco da tua pele eu tenho na sola dos meus pés, olha só!

Esclareço que estas frases são minhas; frutos da minha experiência pessoal, nos embates contra o preconceito e a discriminação, travados na mesma época e nas mesmas circunstâncias. Porque o repertório de respostas do colega, imagino, não daria nem pra saída, muito menos pra competir.

Então, já que não éramos bons de bola, nem ele nem eu, só nos restava destruir o adversário na grande área das Ciências Humanas. Nos conhecimentos das ciências físicas e matemáticas, nos atrapalhávamos um pouquinho. Bom de História, de Línguas, comunicando-se e expressando-se com facilidade, Maurício estava no lugar certo. E por ter alergia a cimento e máquinas, além de não gostar de ver sangue nem cadáveres, era claro que ser engenheiro ou médico não estivesse nos seus planos. Nem nos meus. Mas talvez houvesse outra razão, muito mais determinante.

Os cursos de Medicina e Engenharia exigiam horário integral. E a grande maioria dos estudantes pobres, como nós, nem tentava. Pois, além de estudar, precisávamos trabalhar em ocupações que nos garantissem pelo menos ajudar em casa. Muito por causa disso, naquele tempo, a Universidade no Brasil quase não tinha cara de brasileira:

— Médico pra mim tem que ter sobrenome bonito. Daqueles com k, w, y.

— Engenheiro, também. Inspira mais confiança.

Também esse diálogo quem ouviu fui eu, há relativamente pouco tempo, uma tarde no Aterro do Flamengo. Entretanto, minha opção pelo bacharelado em Direito e Ciências Sociais não teve nada a ver com isso. Foi vocação mesmo.

Quanto ao nosso Maurício de Oliveira, o que posso garantir é que, além de ser inteligente e capaz, sua fé em dias melhores o impulsionava, e as lutas grandes pareciam pequenas ante sua vontade de vencer. Daí seu ingresso na Faculdade de Direito, que concluiu com esplendor e onde teceu uma sólida rede de amizades.

O ingresso de Maurício Oliveira na universidade foi merecido e triunfal. Não tanto no velho casarão do Campo de Santana, quanto no quintal do Irajá, subúrbio ainda bem rural, numa festança só comparável àquela, no álbum de lembranças da família, de quando seu irmão voltou da Guerra. Nesta agora, da aprovação no vestibular, três colegas que só conheciam o bairro vagamente, de ouvir falar, saíram da festança quase de manhã. E, mesmo motorizados, pensando estar quase em casa, quando deram por si estavam na Base Aérea de Santa Cruz, achando que era o Forte de Copacabana.

Tinha muita comida; e muito chope, naqueles barris de madeira. E a música, a cargo de Paulista e os Catedráticos do Ritmo: Jimbo, no trombone; Djalma Camelo, no sax; Sombra, no pistom, que hoje se diz trompete; Lincoln, na viola americana, hoje violão tenor; Adalberto Sacramento, no contrabaixo; e o líder, na bateria.

Desde a época da faculdade, salvo algumas exceções, cada um de nós já mostrava mais ou menos como e o que seria mais tarde. Maurício, por exemplo, tinha *presença*, como se dizia. Apesar das origens humildes, apreciava comer e beber bem, além de outros prazeres da vida. Cuidava do corpo, em constantes exercícios, que iam além do futebol nos fins de semana. Sua vitalidade chamava atenção, junto com seu cuidado com a aparência. Inclusive, aonde chegava, causava a impressão de rapaz bem-nascido. Tanto que suas características corporais faziam lembrar — como ouvi de uma colega exageradamente expansiva — um príncipe árabe-africano, de Zanzibar, ou um mouro de Veneza. E sem falar nos seus admiráveis dotes musicais. "Só não podia era tomar mais de duas cervejas, pra não ficar sentimental demais", como dizia a saudosa Netinha de quem muito ainda havemos de falar.

Um pouco antes, chegou a hora de servir à pátria. E o futuro cidadão Maurício de Oliveira, como já se preparava para o vestibular, alistou-se no CPOR, Centro Preparatório de Oficiais da Reserva, ali perto da Quinta da Boa Vista, para prestar o serviço militar, ao mesmo tempo em que cursaria a faculdade. E assim ocorreu, com a aquisição de nova identidade, em novo rito de passagem: Cicinho era agora o aluno Oliveira, aspirante a oficial do Exército brasileiro, daqui a pouco tenente da reserva. "Da reserva, mas tenente", como dona Dina falava, orgulhosa; e como de fato aconteceu.

Iniciadas as aulas na faculdade — com seus austeros rituais de iniciação —, o calouro se perturbou com a liturgia acadêmica. Aquelas becas e aqueles capelos cheios de arminho; os chapéus estranhos, cinturões vermelhos, os decanatos, as livres-docências, era tudo muito medieval. Tentou ver pelo aspecto carnavalesco. Mas não deu. Mesmo porque logo se espalhou a notícia de que Maurício de Oliveira era o nome civil de Cicinho do Agogô, ritmista da escola de samba Corte Real de Madureira. E, por isso, agora, principalmente nas aulas em que a etnologia dava o tom, ele era sempre olhado de lado, ora com olhares compungidos, ora com brincadeiras dos mais próximos, antecipando o que depois se chamou "racismo recreativo".

— Vejam bem. Não se pode falar em sociologia sem começar pelos elementos formadores da sociedade nacional. E no Brasil, dos três grupos principais, o que oferece mais possibilidades de estudo, como objeto de ciência e pesquisa, sem dúvida, é o daqueles que vieram da África como escravos — o livre-docente se entusiasmava. Maurício suava frio. E o catedrático emérito ampliava ainda mais o campo de visão da turma:

— Com os milhares de negros escravizados que eram despejados pelos navios negreiros, vieram muitas doenças que o Brasil não conhecia. Porque, até começar o tráfico africano, o quadro de doenças por aqui não preocupava tanto. Deste modo, doenças como bouba, ainhum, gundu, dengue... Doenças cujos nomes aterrorizantes denunciavam suas origens, começaram a proliferar no país, a partir dos litorais. — As palavras do professor ecoavam longe; e traziam ao pensamento do aluno as fisionomias de seu pai, de seus tios.

Eu costumava gravar as aulas em meu pequeno e eficiente gravador de fitas cassete. E guardo até hoje algumas delas com trechos como os seguintes:

Nos engenhos, nas plantações, dentro das casas, nos tanques de bater roupa, nas cozinhas, enxugando prato, fazendo doce, plantando café, carregando desde sacos de açúcar até pianos de cauda, negros e negras trabalhavam sempre cantando. Da mesma forma que cantavam nos rituais, nas festas, ninando os nenéns... E desta forma enchiam de alegria africana a vida brasileira. Mas a hierarquia dentro da sociedade tinha que ser mantida. Por exemplo: muitas ocupações só podiam ser exercidas por gente de sangue limpo, como se dizia. O sacerdócio era uma delas. Tanto que as boas famílias faziam questão de ter pelo menos um padre entre seus membros, como prova de pureza do sangue.

Entre os cinquenta e poucos alunos do primeiro ano, havia apenas quatro "morenos". E Maurício de Oliveira era o mais bem relacionado. Nesse relacionamento, sua porção sambista era considerada principalmente como pitoresca, curiosa. Porém, malvista. Para aquele grupo social, música era jazz, clássico, barroco, bossa nova ou a moda do último verão. Samba, só mesmo no carnaval e no futebol. A presença de um batuqueiro, naquele ambiente, era quase um ilícito, uma contravenção penal.

O negro puro, portanto, não foi nunca, pelo menos dentro do campo histórico em que o conhecemos, um criador de civilizações.

Maurício já estava chegando àquele estágio de buscar ajuda em Freud, Jung e companhia. Mas quem resolveu mesmo foi Vovó Maria Conga, que dona Dina mandou chamar. E veio serena, carinhosa, conselheira:

— Suncê tem um nome, candengue. E esse nome tem que botá lá em cima, zifío! Hummm-humm? Pessoa vem pru mundo pra aquilo que é. E é nesse, como diz esse, que pessoa tem que fazê nome grande.

Eu também tive uma Vovó igual à dele. E sei o que e como todas elas falam. Se a pessoa nasce, cresce e morre sem zelar pelo nome, sua vida não tem sentido. Temos que lutar por uma causa. Este era o ensinamento da Vovó Conga. E Francisco de Paula Assis, o Chicão, outro querido colega, embora de outra turma, sabia muito bem o que significava.

Líder no movimento secundarista, Chicão tinha sido presidente do grêmio do Colégio Pedro II, e era um radical de esquerda, dono de uma consciência política muito mais firme do que a dos demais colegas. E nos explicava, na sua retórica marxista-leninista:

— A causa disso tudo aí é que o governo, facilitado pelo capital estrangeiro, que é antes de tudo espoliador, jogou todas as cartas na industrialização e mergulhou o proletariado nesse buraco de dificuldades que o país está vivendo, com a inflação lá em cima e o custo de vida aumentando cada vez mais.

Orador nato, Chicão vivia decorando citações de escritores célebres para incluir em seus discursos. E uma de suas citações favoritas era a deste trecho, do livro *Bagatelas*, de Lima Barreto, que ensaiava para incluir num discurso. Ouçam!

Cabe bem aos homens de coração desejar e apelar para uma convulsão violenta que destrone e dissolva de vez essa sociedade celerada de políticos, comerciantes, industriais, prostitutas, jornalistas etc., que nos saqueiam, nos esfaimam, emboscados atrás das leis republicanas. É preciso, pois não há outro meio de exterminá-la. Se a convulsão não trouxer ao mundo o reino da felicidade, pelo menos substituirá a camada podre, ruim, má, exploradora.

No vozeirão do Chicão, isto daria o que falar. Mas ele não teve tempo.

Naquele momento, por sua atuação política e pelas ideias que expressava, Chicão, ainda cursando a faculdade conosco, destacou-se como uma das vozes mais importantes entre os oradores nos congressos estudantis e nas manifestações de rua, no avesso dos anos dourados, glamurizados pela propaganda que iludia e engrupia o Brasil. Em razão disto, quando a ditadura entrou em seu período mais violento, o Crioulo, como era chamado — menos por mim, Maurício e Dora — foi eleito presidente da UNE, a legendária União Nacional dos Estudantes.

Por esse tempo, a facção radical, dissidente do velho Partido Comunista, decidiu que a luta armada era o caminho para detonar a ditadura. Entretanto, ao contrário da guerrilha urbana, que outros grupos já vinham praticando, a luta revolucionária seria mais eficaz a partir do meio rural, num trabalho paciente, de conscientização e conquista das populações camponesas. O campo escolhido para esse trabalho foi a região do rio Araguaia, próxima da floresta amazônica, pegando partes do Pará, do Maranhão e do atual Tocantins.

No início dos anos 1970 — como mais tarde se soube — Chicão, depois de ser preso e torturado em São Paulo, integrou o primeiro grupamento a chegar ao Araguaia, onde, convivendo com os moradores, foi aos poucos tecendo relações de amizade. Mas o foco de guerrilha acabou descoberto. Ainda se passou algum tempo, desde o dia em que o primeiro avião militar foi visto sobrevoando a região. Mas logo depois deu-se o primeiro confronto, com algumas baixas nas tropas da repressão. Aí, Chicão e seus comandados, escondidos na floresta, viram que a vitória era possível.

Transcorridas mais algumas semanas, numa esquisita madrugada, Chicão teve um sonho estranho.

Sonhou que era o Alafim, o rei de Oyó, na atual Nigéria, o mais poderoso dos reinos erguidos pelos povos africanos mais tarde chamados iorubás. Como o poder de Oyó era cobiçado por todos os povos vizinhos e também por muitos de longe, o reino vivia em combates permanentes. O rei — que no sonho era ele mesmo, Chicão, vestido com apuro em seus rubros trajes de guerra, montando um belo cavalo branco, com sela e arreios vermelhos e dourados — reinava. Tendo em uma das mãos o machado de fio duplo, chamado oxê, misto de arma e de cetro, e na outra o arcabuz, ganho de Tegbessu, rei de Abomé, no atual Benin, três séculos atrás, comandava seu povo e seus guerreiros.

Batalhas encarniçadas! Na maior delas, os soldados do Alafim, quando capturados pelos inimigos, eram torturados e mutilados até a morte. E os cruéis assassinos, tripudiando sobre o povo de Oyó, depois de cortar em pedaços os cadáveres dos mortos, jogavam os restos por cima das muralhas do reino mais poderoso.

Enfurecido com essa ofensa covarde, o Alafim — que no sonho era ele mesmo, Chicão — subiu ao ponto mais alto da mais alta pedreira de seu vasto e pedregoso reino e perguntou ao oráculo Ifá o que deveria fazer. Como tardava a resposta, o rei foi tomado de uma fúria telúrica. Então, violentamente desesperado, passou a bater nas pedras com o oxê. E conforme batia, o atrito das lâminas fazia com que as pedras soltassem faíscas, cada vez maiores e mais fortes, tanto que se transformavam em línguas de fogo. E caíam sobre o exército covarde, devorando os inimigos de Oyó — que era o reino dele, Chicão Obá Kossô, Kawô Kabiecile!

O Alafim ia ganhando a guerra. E confirmou a vitória quando relampejou seis vezes e um raio descomunal, o pai de todos os raios, fulminou o rei inimigo, seu povo e seu reino. Depois disso, o verdadeiro sentido da palavra *onidajó* (justiça) se espalhou por todo o território daqueles povos que mais tarde se chamaram iorubás e todos os povos vizinhos. E chegou até o Brasil e a todas as Américas.

Chicão acordou assustado com o sonho. Mas era marxista-leninista, então não deu muita bola. Porém, quando levantou e se encaminhava pra casinha, percebeu, no ar, que as tropas do governo rondavam sua cabana. Falou com um dos companheiros e, junto com ele, cumpriu as tarefas que lhe estavam destinadas; passado algum tempo, notou a aproximação de soldados guiados por um camponês local.

Nosso herói era um "crioulão, quase um King Kong", como Nelson Rodrigues, célebre escritor carioca, descreveu um de seus personagens. Entretanto, era um guerreiro espirituoso e bem-humorado, dono de uma gargalhada tão potente quanto sua disposição para a luta. Com seus quase dois metros de altura e físico atlético, conquistara uma aura de lenda, segundo a qual teria o dom da imortalidade. Mas, como se soube depois, só teve mesmo tempo foi de fazer pontaria com sua arma e atirar, matando um soldado. Ato contínuo, foi metralhado nas pernas, mas ainda conseguiu sacar a pistola que trazia na cinta, acertando em cheio o militar que o alvejara. E continuou atirando até sua munição acabar. Então, foi preso e torturado, para revelar detalhes das ações de seu grupo. Resistindo, acabou morto com golpes de baioneta. Após a execução — numa prática que remontava aos tempos coloniais — sua cabeça foi decepada e exibida à população, dizem que pendurada num helicóptero, para servir de exemplo aos que se rebelassem contra os poderes constituídos.

Chicão tinha, de fato, parte com Xangô. E sua militância carregava esse lado místico, que vinha com ele desde a infância: fazer justiça. Mas tudo isso, relatado com minúcias, me deixava embatocado. Como é que alguém iria conhecer essa história fantástica, se o herói tinha sido metralhado logo depois de acordar? Fantasia? Lorota? Invencionice? Não. E a resposta veio muito tempo depois.

O direcionamento político de Cicinho nunca teve nada a ver com luta armada. Ferrenho defensor das instituições republicanas e do estado democrático de direito, no movimento estudantil ele se filiou, por razões filosóficas, a uma organização intitulada Partido Humanitário. Dirigida por um notório picareta, chamado Paulo Hélio e conhecido como Peagá, logo chamou atenção. E a coincidência da sigla da agremiação com as iniciais do nome foi o chamado "prato cheio" para a maledicência, principalmente quando o partido se revelou um engodo, uma simples picaretagem, e o jovem estudante caiu fora. E foi cuidar de sua vida, inclusive a parte amorosa, com seu primeiro amor efetivamente realizado.

Nascida na Tijuca, bairro sonhado pelo pequeno contingente *de cor* que então compunha a classe média negra carioca, Dora era filha única de um funcionário do Ministério da Agricultura com uma professora de Francês do Colégio Pedro II.

A memória de sua família materna guardava a história de um bisavô escravizado, chamado Casemiro, cujo filho, já no início do século XX, progredira e enriquecera na velha capital federal, à custa do próprio esforço. Avô de Dora, esse homem, ganhando a vida como feirante, passou a dono de uma barraca de frutas e, daí, adquirindo um veículo, depois outro e outro, tornou-se dono de uma frota de caminhões utilizados em várias modalidades de transporte. No auge do êxito e do poder, instalou a família numa chácara na encosta da serra do Sumaré, numa casa senhorial construída no antigo Andaraí Pequeno, pois Tijuca mesmo era lá no Alto da Boa Vista.

A família de Dora, na língua de vizinhos invejosos, passou a ser conhecida como "os pretos do Trapicheiro". Mas um dia, tudo acabou. Diziam alguns que as artes de Cupido teriam embalado o chefe da família num caso de amor desastroso. Segundo outros, o motivo da derrocada teria sido o feitiço pesado de uma baiana da escola de samba Depois Eu Digo. Para outros mais, o motivo foi a forte perseguição racista de um fiscal da prefeitura. Mas ninguém jamais soube a verdade.

O certo é que os pais de Dora foram filiados à Frente Negra Brasileira, entidade criada na década de 1930, com um bonito propósito, segundo seus estatutos: "unir a gente negra para afirmar seus direitos históricos e reivindicar seus direitos atuais". Mas só durou uns sete anos. O casal, entretanto, viveu um casamento duradouro e feliz. E assim pôde ver a filha estudando na Escola Normal, aprendendo balé e, piano e, finalmente, cursando o bacharelado em Direito e casando com o colega Maurício na igreja de Nossa Senhora da Medalha Milagrosa. Só não a viram desquitada, concluindo o mestrado em Ciências Políticas e doutorando-se em Antropologia no Museu Nacional.

Cumprindo talvez uma determinação cármica, no final dos anos 1970, a moça estudiosa participava da fundação do Movimento Negro Unificado e, mais tarde, depois de muita militância, era chamada para ocupar um lugar de destaque na Fundação Nacional de Defesa da Cultura Negra, Fundecune, entidade paraestatal criada com a finalidade de promover a preservação dos valores culturais, sociais e econômicos herdados da influência negra na formação da sociedade brasileira.

Dora Casemiro não era efetivamente bonita. Mas quando a viu pela primeira vez, Cicinho sentiu forte impressão. Aos 20 anos, o moço tinha tido diversas namoradas; mas por conta dos limites ainda vigentes naquela época em seu meio, jamais tivera uma experiência sexual completa. E essa, ao contrário do que procurava demonstrar, era a causa de sua fama de conquistador, namorador, sedutor, *don juán*. Fama resultante da visão que projetava: vaidoso, bem-arrumado, bem-falante, simpático, galanteador, respeitoso, além de estudante bem-sucedido, num ambiente em que poucos de sua idade tinham chegado ao curso ginasial, era tido como um bom rapaz e, mesmo pobre, considerado, em sua vizinhança, pelas famílias com filhas casadoiras, como um bom partido.

No segundo ano de faculdade, a caloura lhe chamou a atenção:

— Parecia uma negra americana, bacana, daquelas da Howard University.

Da sua cor, quase a mesma estatura, sorridente, simpática, trajando-se no rigor da moda sóbria e elegante da época, causou impacto no rapaz. E dali a algum tempo iniciava-se o namoro, concretizado no casamento, depois de ambos formados. Mas já nos primeiros anos do matrimônio, a famosa *seven year itch*, a coceira dos sete anos, popularizada pela ideologia do *american way of life*, tinha acometido o nosso colega.

A primeira foi Sarah, hippie, fã de Janis Joplin e artesã de bijuterias exóticas. Depois, foram: a cigana Consuelo, de longos cabelos negros; a soviética Mileva Pralechstein; a mineira Geralda; a paraense Nazaré, etc. etc. etc. Tudo isto na época do "amor livre", do "Poder Negro", do

cabelo black, de Jimmy Hendrix, da "porra-louquice"...
E o casamento azedou, como o Cicinho contava, nas
rodas de chope e bate-papo que gostava de frequentar.

Tudo isso, até ser promulgada a lei do Senador Nelson
Carneiro — mais velho que nós, mas também nosso
"irmão de cor" — que possibilitou a Dora Casemiro
se divorciar daquele marido machista, como passou a
dizer. Legalmente separada, ela sentiu-se à vontade para
expressar algumas de suas convicções mais íntimas:

— Os homens, em geral, sabem muito pouco sobre
o corpo feminino. (Por exemplo, o orgasmo.) Quase
nenhum homem sabe que nas mulheres o orgasmo
acontece mesmo é no clitóris. Daí o crescimento, muito
bem-vindo, das uniões homoafetivas. Porque nós mulheres sabemos o que é bom pra nós e pras outras.

Maldade de Dora com o Cicinho, um cara boa-praça,
delicado, justo. Às vezes recorria a subterfúgios, para
esconder e revelar seus muitos sonhos. Mas era confuso e vacilante quando pressionado. O amor era para
ele mais idealização do que realização. Então, não deu
certo o casamento com Dora, vista por ele como uma
preta mimada. E isso o levou a excessos extraconjugais,
que talvez fossem potencializados pela falta que o rapaz
sentia da família original. Tão grande, tão harmoniosa,
tão bonita... Mas que, por diversas razões, físicas e espirituais, foi se acabando, acabando, até restar somente
ele, o filho mais bem-sucedido, para contar a história
da grande família.

Dora tinha qualidades e defeitos muito fortes e visíveis. Era sempre notável e notada, tendo o poder de tornar realidade tudo o que almejava, pois aliava sua criatividade à energia realizadora. O problema era aguentar seus excessos. Inclusive, sua tendência à depressão quando as coisas ficavam confusas. Após divorciar-se, ela passou um bom tempo em Washington, D.C., em contato com toda a efervescência intelectual e política da capital dos Estados Unidos. Voltou de lá pensando em criar no Rio algo como o The National Museum of African American History and Culture, da Smithsonian Institution. No fundo, no fundo, queria era ser ministra da Cultura. Entretanto, seus amigos mais sinceros achavam que ela poderia se decepcionar amargamente.

5

Vaz Lobo, pequeno bairro da zona suburbana carioca, localiza-se entre Madureira e Irajá. Seu epicentro é a confluência das avenidas Ministro Edgard Romero, antiga estrada Marechal Rangel, e Monsenhor Félix; e do início da avenida Vicente de Carvalho, antes chamada Estrada da Penha. O nome da localidade homenageia um grande proprietário local, do tempo das grandes chácaras, entre o morro da Serrinha e o do Sapê, do outro lado da antiga estrada, nas quais se cultivava aipim, batata-doce e até café. Diz a lenda que o grande samba "A voz do morro", o maior sucesso do compositor Zé Kéti, foi lançado no terreiro da pequena escola de samba local, a União de Vaz Lobo, na década de 1950. De lá chegou ao cinema, na trilha sonora do filme *Rio, Zona Norte*, marco do "cinema novo". E inscreveu o nome do bairro na historiografia do cinema mundial. Diz a lenda.

Na modesta casa, à beira do morro de muitas tradições, Vovó Maria Conga, "a que vence demandas", sempre *fortaleceu*. E, graças a ela, Maurício de Oliveira — agora, "Doutor do Agogô" — conseguiu terminar a faculdade, ingressar por concurso numa companhia estatal e ao mesmo tempo ser admitido, não sem alguma dificuldade, na Ala de Compositores de sua escola.

Maurício, entretanto, não foi o primeiro sambista de anel no dedo, como então se mencionavam os portadores de grau universitário. Na época da mudança da capital, no Brasil, se os negros eram raríssimos nas universidades, os pretos sambistas eram mais raros ainda. Entretanto, havia alguns. E, nessa, o mundo do samba começava a ser desestigmatizado e já não infundia aos de fora — que não conheciam os códigos nem as relações comunitárias — tanto medo e cautela quanto antes.

Inclusive teve um (verdade!) que se formou em Filosofia na Universidade de Túnis, onde foi assistente do filósofo Michel Foucault; morou na Alemanha, fez mestrado em Oxford e se enturmou no Salgueiro, graças à amizade com o ator e diretor Haroldo Costa, que conhecera na Europa, num espetáculo do balé Brasiliana. Quando voltou para o Brasil, foi apresentado à coreógrafa Mercedes Batista e ao cenógrafo Fernando Pamplona no Theatro Municipal. Caiu no samba, mesmo sendo professor do Instituto Universitário de Altos Estudos Internacionais, em Genebra.

De fato, desde meados dos anos 1950, cenógrafos e artistas, além de mulheres da classe média e burguesas da Zona Sul, participavam de desfiles do samba. E a atração do ambiente universitário pelas manifestações populares levou à criação das chamadas alas de estudantes. Mas voltemos ao Cicinho e à Corte Real.

A escola, na verdade nascida em Vaz Lobo, mas adotando como nascedouro, por questão de status, o bairro vizinho, agora tinha sede na rua Olívia Maia, perto do velho Mercado de Madureira, e se preparava mais uma vez para a escolha interna do samba-enredo. O tema era uma lenda indígena: *Anhembi, Samim, Cariaçá: Viagem à terra onde brota o mel*. O samba de Doutor do Agogô, um dos mais cotados, provocava um racha na diretoria e deu margem a uma discussão feia, que deve ter sido mais ou menos assim:

— Isso aqui não é escola de bacana, não, seu Djalma! Escola de branco é a outra.

— Mas quem disse que o Cicinho é branco, presidente? Eu conheci o pai dele.

— Chega aqui de carro, anel no dedo, todo metidinho.

— Bobagem, Galdino, bobagem! A gente não está mais naquele tempo, não.

— Tá certo, sim, seu Galdino! Esses "amarelinho" vêm lá de baixo pra cagá goma aqui pra cima da gente. Comigo eles não se criam não, meu camarada!

— Ele é gente nossa, Timbira. Saía na bateria desde garoto.

— Não sei disso, não. E não vou com os cornos dele.

— Poxa! O rapaz escreve bem, tem estudo.

— Se livro fizesse samba, a Biblioteca Nacional era a rainha do rebolado. O negócio é o seguinte: agora que samba está dando dinheiro, todo mundo quer ser compositor. Até esses bundinha de Copacabana.

— Que Copacabana, Jaburu? Ele é do Irajá!

— Da Vila Rangel?

— É do Pau-Ferro, lá perto da Freguesia.

— Então, é otário. Sambista em Irajá só na Vila Rangel ou no Beco da Coruja.

— Mas ele não é intrujão. E o samba é muito bem armado e vai ser bom pra escola.

— Eu já escutei, Djalma. Pode ser muito bonito, mas é complicado, tem muita palavra difícil. E samba, agora, tem que bater e ficar: pá-pum! Silas já morreu, e já morreu tarde.

— É isso mesmo! Não adianta o cara saber um montão de coisa e não ter malandragem, não ter aquele plá, aquela mumunha. E esse tal de Cicinho é um prego, um bunda-mole. Só porque diz que é formado a gente vai dar guarida a ele? Quem refresca goela de pato, é lama, meu compadre!

— O negócio é cortar logo as asinhas dele. Se não, daqui a pouco tu já viu, né?

— É, meus camaradas. Focinho de porco não é tomada! Eu tô avisando. Depois não vem dizer que a cigana enganou.

A vontade da diretoria prevaleceu. Com o samba cortado logo na primeira eliminatória, o Doutor do Agogô foi deixando a cena de fininho. E o tempo se encarregou de ir desfazendo, aos poucos, aquela bronca amarga. Que não se diluía de todo por mil e um outros motivos. Entre os quais o rebaixamento gradativo do nível de bom humor e simpatia daquela que um dia fora a Cidade Maravilhosa. Tema que de vez em quando voltava à pauta em todas as rodas de bate-papo, furadas ou reforçadas, vazias ou consistentes, públicas e privadas.

Entre as demandas do samba e outras remandiolas, passados cinco anos da festança de Brasília, e em plena ditadura, cá estava a Sebastianópolis festejando seu quarto centenário, no primeiro dia de março. Mas desde janeiro, mês do padroeiro, mesmo não sendo mais Distrito Federal e, sim, capital de certo Estado da Guanabara, a cidade ia à forra, na maior farra, com celebrações em todo canto e toda linha.

De cara, aconteceu uma parada cívico-musical, idealizado por seu Medina, magnata esperto e festeiro. No desfile, foram passados em revista grandes momentos da história da cidade. E os festejos tiveram inclusive uma logomarca, mercadológica, na forma de uma figura geométrica quadrangular, onde o algarismo "4" era visto de pé e deitado, com as arestas do quadrado, uma oposta à outra, o que de certa forma evocava alguns traçados da arquitetura planaltina. Esse emblema ou símbolo foi massificado, usado e abusado, e de vez quando, à noite, em vários pontos da cidade, uma chuva deles, em papel laminado, era jogada de um aviãozinho teco-teco, alucinando a garotada, que competia pra ver quem conseguia juntar a maior quantidade.

O ano foi realmente muito animado. Na música, teve o "Arrastão" dos cariocas Edu Lobo e Vinícius de Moraes, magistralmente cantado por Elis Regina, gaúcha acariocada: *"Olha o arrastão entrando no mar sem fim / Nunca jamais se viu tanto peixe assim..."*

No descampado lá de cima, e em todo o país, o arrastão militar pescava qualquer um que ousasse usar sua liberdade de expressão para se manifestar contra a ditadura, identificada por outra trilha sonora: *"Carcará / Pega mata e come..."* do maranhense João do Vale. Ao que os mais corajosos ainda resistiam, com o sambista Zé Kéti: *"Pode me prender / Pode me bater / Pode até deixar-me sem comer / Que eu não mudo de opinião / Daqui do morro eu não saio, não."*

Assim cantavam os moradores da favela do Pasmado, expulsos para a Vila Kennedy, numa sequência de remoções que levou para a distante e inóspita Zona Oeste quase todas as favelas da cômoda e aprazível Zona Sul. Mas outros se conformavam ou alienavam, na Jovem Guarda da dupla Roberto e Erasmo Carlos: *"E que tudo o mais vá pro inferno."* Cantavam esses. E ainda cantam assim, até hoje.

Na bola, o ano também foi auspicioso: o Flamengo sagrou-se campeão carioca, com um time onde brilhavam Almir Pernambuquinho, cracaço; e Silva, o grande cabeceador, também celebrado como Batuta, por sua maestria de artilheiro.

"Na decisão, no Maraca, o Mengão perdeu para o Botafogo de 1 × 0. Porém tinha feito mais pontos, e o caneco já estava no papo", escreveu Cicinho num recorte de jornal que me deu, por saber que eu sou vascaíno, desde menino.

Nas eleições para governador, entretanto, a ditadura cochilou e o estado da Guanabara, assim como o de Minas Gerais, elegeu um político de oposição, o que acabou resultando no Ato Institucional nº 2, que extinguiu os partidos políticos e deu poderes ao Executivo para reprimir os descontentes. Mas ninguém deixou de festejar o quarto centenário por causa disso.

Para tanto, o governo inaugurou o Museu da Imagem e do Som, acarinhando historiadores, pesquisadores, estudantes e curiosos em geral; criou a Sala Cecília Meireles, dedicada à música de concerto, que o povo chama de clássica e vê como superior; deu uma força para a televisão... E a iniciativa privada abria no Méier, na Zona Norte, o primeiro *shopping center* da cidade carioca.

Mas o grande evento do quarto centenário, pelo imprevisto, foi mesmo o protagonizado por Tião Miquimba, colega do múltiplo Cicinho do Agogô na escola de samba Corte Imperial, a vermelha e branca de Vaz Lobo.

Desde o final dos anos 1950, Tião saía em ala, daquelas de capa, espada, cabeleira e chapéu de penacho, tipo Três Mosqueteiros. Ala dos Lordes, dos Barões, dos Nobres, dos Embaixadores de Ébano. Cada ano era uma fantasia mais bacana. Até que, para esse ano, o figurista riscou uma de armadura, elmo, escudo, capa vermelha e uma lança com a logomarca do *4º Centenário* na ponta. Demais! E foi carinhosa e gratuitamente confeccionada pela irmã do Miquimba, costureira de mão cheia, que fez também uma, igualzinha, para o Olavo, um malandro de Bonsucesso, colega de adolescência e da ala.

Domingo, no desfile, a Escola arrebentou a boca do balão. Com o que, na segunda, de tardinha, o Tião foi tirar onda, se exibir pras meninas, na Praça do Coreto.

Está ele, lá, todo prosa, cheio de marra, tomando sua cerveja, quando chega um cara mais ou menos conhecido:

— Como é que é, Miquimba? Parabéns, hein. A Escola veio muito bem.

— Valeu, mermão! A gente faz o que pode. Toma um copo!

— Muito obrigado. Eu cheguei aqui só pra te pedir um favorzinho.

Aí, o cara explicou: que a mãe dele era uma velhinha, muito doente, que não podia sair de casa pra nada, e gostava muito de carnaval. E que nem pela televisão ela podia ver o desfile, porque eles eram muito pobres e não tinham o aparelho.

— Então, será que não dava pra tu dar uma chegadinha lá, pra ela ver tua fantasia e saber como é que é o carnaval? É logo ali, ó, naquela janela verde.

Miquimba hesitou um pouco, mas acabou concordando. Aí, terminou a cerveja, pagou e foi até lá com o camarada.

— Mããããeeee!!! Olha quem eu trouxe aqui pra te ver, ele gritou da porta. E a velhinha, tadinha, firmou os olhos, mas não distinguiu direito.

— Quem é???

— É ele, mãezinha! Tu não pediu? Não rezou tanto?

A velhinha logo entendeu de quem se tratava e, quase tendo um troço, começou a chorar, gritar e se descabelar na cadeira de rodas:

— Ai, meu Santo Guerreiro! Meu São Jorginho do meu coração! O senhor ouviu e veio me libertar deste vale de lágrimas.

Miquimba, quando entendeu do que se tratava, *sartou de banda*, pegou o cavalo imaginário que tinha deixado lá fora, amarrado no poste. E se mandou, empunhando a lança com o emblema na ponta.

Quando chegou ao Largo de Rocha Miranda, onde a escola ia desfilar, para o comércio e o povo local, recebeu o terrível aviso:

— Se arranca, rapaz! Teve uma bronca ali na esquina e um colega teu, com a mesma roupa, enfiou o quarto centenário na barriga de um cara da Portela. Cai fora, que a polícia tá grampeando a moçada toda que tá com essa fantasia.

Coisas do carnaval! E, acabada a farra, eis a realidade: estava mesmo consumada mais uma volta, com a fusão dos estados da Guanabara e do Rio de Janeiro, e a cidade configurada como município e capital do velho estado do Rio.

Por essas e outras, mais de quatro décadas passadas da mudança da capital, o conceituado membro do Ministério Público Estadual, Maurício de Oliveira, já sessentão, sonhava escrever suas memórias. E, desta forma, imerso em boas recordações, refazia um pouco de sua trajetória, numa roda de amigos no bar Villarino, da velha Esplanada do Castelo.

— Isso tudo que está aí, começou lá na ditadura, como a gente sabe.

— Justamente.

— Primeiro, o pessoal do teatro meteu os peitos e passou a usar o palco como palanque. E, nas plateias, os mais escolados caíram dentro, pedindo liberdade de expressão.

— Isso mesmo. Nas fábricas e sindicatos, a turma se organizava. E os estudantes se tornavam a maior força nessa resistência.

— É, mas o outro lado se organizava também, meu chapa! Os soldados do Batalhão de Guarda eram treinados pra prender e arrebentar. E arrebentavam na tortura, que virou coisa normal e se espalhou pelas delegacias da Polícia Civil e pelos batalhões da Polícia Militar.

— Na minha turma da faculdade, um dia apareceram dois caras muito estranhos. A gente desconfiava, sem muita certeza. Mas depois todo mundo ficou sabendo que eles deduravam professores. E alguns desses, por ordem do governo, foram perseguidos e aposentados, sem saber por quê.

— Eu tive amigos que foram presos e depois tiveram que sair do país.

No final dos anos 1970, o militar que assumiu as rédeas do poder — era um cavalariano — anunciou o propósito de concluir a abertura política iniciada no governo anterior. Nesse ano, uma greve geral de centenas de milhares de torneiros mecânicos, que durou quarenta e um dias, lançou o nome do operário Juba da Silva como líder político nacional.

— Eu me lembro quando começaram as grandes greves dos torneiros mecânicos no ABC paulista. Mas eu não sabia que esse ABC se referia aos municípios de lá: Santo André, São Bernardo do Campo e São Caetano do Sul. Bem bolado, não é?

Na década seguinte, o povo começou a sentir mais duramente os efeitos da política monetária dos governos militares anteriores. A dívida externa chegou à casa dos 100 bilhões de dólares, compondo um quadro em que cerca de 6 milhões de brasileiros amargavam o desemprego e 13 milhões eram subempregados. As eleições parlamentares, então realizadas, resultaram em vitória da oposição ao regime militar.

Por essa época acontecia também a fundação da Igreja Devocional, cujo nome vem de *devocionismo*, termo definido pelos dicionários como *devoção afetada e hipócrita*. A base doutrinária era certa *Teologia da Prosperidade*, segundo a qual a felicidade das pessoas deve ser conquistada não no outro mundo, mas neste; através do sucesso financeiro: verdadeira bênção. A fé e essa bênção se confirmavam pelas doações feitas aos líderes das Igrejas, cujos pastores começaram a ganhar também força política.

— Teve também o atentado do Riocentro, grande local de eventos na Zona Oeste do Rio. Veja você! Tem um anfiteatro com 3.600 lugares, assentos fixos, e capacidade pra receber até 10 mil pessoas. Imagine uma bomba explodindo nesse lugar!

O programa daquela noite era um grande show musical, com alguns dos maiores artistas do momento, todos engajados contra a ditadura. Só que a bomba, explodindo antes do tempo, dentro de um automóvel, no estacionamento, matou um sargento que armava o explosivo e feriu o capitão que comandava a ação terrorista.

— Nessa época eu ainda estava na roça. E lá os trabalhadores também se mobilizavam por melhores condições de trabalho — aqui falava o velho Apolônio, fundador do jornal *Vida Camponesa*.

No interior paulista, 6 mil cortadores de cana deflagraram um grande movimento que ficou conhecido como a greve dos boias-frias. Eram homens, mulheres e crianças expulsos do campo para as periferias das cidades, sempre nas piores condições de vida. Como não tinham moradia fixa, todos os dias, antes do sol raiar, eram apanhados por caminhões abertos e levados para as plantações, onde trabalhavam como diaristas. Eles levavam marmitas, como é comum. Só que não dispunham de tempo nem de condições para requentar o almoço. Por isso acabaram sendo conhecidos pelo humilhante apelido de boias-frias.

— Boia, naquele tempo, era o mesmo que rango hoje.

— Tem até uma música sobre isso.

— É uma espécie de marcha-rancho, mas muito triste. Quem canta é o João Bosco, que fez a melodia. A letra é do Aldir Blanc, e diz assim: "Os boias-frias quando tomam umas biritas, espantando a tristeza, / sonham com bife a cavalo, batata frita e sobremesa."

— Esse tal de Aldir Blanc saía com cada uma! Era demais, mesmo! Deus o tenha em muito bom lugar...

Foi então que o país saiu das mãos dos militares para voltar às mãos dos políticos financiados pelas classes dominantes de sempre: latifundiários; grandes industriais; comerciantes de todo gênero, até nas áreas da Saúde e da Educação; donos de jornais, rádios e tevês — enfim, magnatas, antes referidos como tubarões. Num cenário em que os 10% mais ricos da população consumiam mais de metade do que o país produzia, numa concentração de renda que, do ponto de vista da desigualdade, equiparava o nosso aos países mais pobres do mundo.

Nessa aí, dois políticos profissionais da velha guarda, dois raposões, foram eleitos pelo Congresso, respectivamente, presidente e vice-presidente da República. Mas o primeiro morreu e o outro, assumindo, fez um governo desastroso. Mas se deu bem; e acabou até sendo eleito para a Academia de Letras.

— A Academia é ali! Naquele palácio bacana. Mas por sorte veio a Assembleia Constituinte, que conseguiu fazer uma Constituição boa de fato.

— Nós ficamos 28 anos sem votar pra presidente, meu amigo. É muita coisa.

— Veio então aquele que o povão achava que era o salvador da pátria. Chegou cheio de marra, passando a mão na poupança da classe média, mas acabou envolvido num esquema esquisito e teve de cair fora.

O cenário desta conversa é a Esplanada do Castelo, onde o Cicinho, ainda bem menino, teve seu primeiro contato com o "mistério do presidente preto". E o papo rola, com toda a certeza, no Café e Bar Villarino, na esquina das avenidas Calógeras e Presidente Wilson, onde, segundo alguns, teria nascido o estilo musical consagrado como bossa nova, ameno e sereno. Aliás, contrastando com quase tudo o que o Rio viveria depois, como as chacinas da Candelária, no Centro, e de Vigário Geral, na zona da Leopoldina. Vitimando dezenas de moradores de rua e envolvendo integrantes das forças policiais, esses massacres ocorreram em um Brasil dito democrático, porém com a injustiça social cada vez mais destruidora. Nesse compasso, o voto popular elegeu um mestre da sociologia, que afirmava ter *um pé na cozinha*. Assim mesmo, ou por causa disso, abriu o país ao capital estrangeiro e privatizou diversas empresas estatais. E a industrialização foi minguando.

Deu-se, então, o grande escândalo! Aquele operário do ABC paulista, eleito por maioria, tomava posse como presidente da República. A imprensa e a burguesia não se conformavam. As damas conservadoras se desesperavam com o ultraje:

— Absurdo! Onde já se viu isso? Um trabalhador braçal! O Brasil não é uma oficina, minha amiga. Muito menos uma oficina mecânica. Esse sujeito vai sujar o Brasil de graxa.

— Vai encher o Palácio de calendários de mulher nua.

— Daqui a pouco faxineira vai querer ser ministra. E nós é que vamos ter que pegar na vassoura.

O escândalo reverberou até na ABHC, Academia Brasileira de História Contemporânea, entidade que os desafetos, mudando o lugar de duas iniciais, chamavam de ABCH, Academia Brasileira dos Contadores de Histórias:

— Isto é uma afronta inominável à memória desta nação, prezados confrades! Assim como este humilde tribuno, Vossas Excelências sabem que na construção da pátria brasileira, em nome da ordem e do progresso, os mais altos lugares foram sendo reservados pelo Altíssimo àqueles que se destacavam por sua intelectualidade, pela instrução recebida nos templos do saber. Como disse Apeles, o inimitável pintor romano, *Sutor, ne supra crepidam...* Ou melhor: *Ne sutor, ultra crepidam!*

Diante da estupefação da insigne plateia, de boca aberta por conta daquele latinório, o historiador resolveu traduzir: *Sapateiro, limite-se a fazer sandálias.*

Segundo Maurício de Oliveira, estranho exemplar de sambista erudito, isso foi dito por Apeles de Cós, célebre pintor da Grécia Antiga, a um sapateiro que criticou a sandália, pintada em um de seus quadros. Era como se dissesse: "quem não tem competência não se estabelece" ou, melhor, "cada macaco no seu galho".

Mas o operário exerceu a presidência em dois mandatos. E fez como sucessora a primeira mulher eleita para dirigir o Estado Brasileiro. Reeleita para um segundo mandato, ela, entretanto, foi derrubada por um "golpe de ar", que virou uma "gripezinha" à toa, a qual, entretanto, malcuidada, acabou levando a inditosa Senhora para longe do poder.

6

Tempos turbulentos aqueles. Meio século depois dos eventos gloriosos da época da faculdade, o estudante Maurício, em casa ainda "Cicinho", vivia, como todos os seus contemporâneos, um Brasil sem rumo. E sentindo-se muito deprimido, aconselhado por Vovó Maria Conga, resolveu passar férias na Bruzundanga, a convite do colega procurador chamado, por incrível coincidência, Ernesto Lima Barreto.

Bruzundanga era um país quase desconhecido, constituindo um enclave no território brasileiro. Era, na velha Terra de Santa Cruz, uma espécie de Suazilândia ou Essuatíni, como agora se diz, em antigos domínios de nativos das etnias carajás e parecis e outros grupos menores por eles assimilados. Na época dos acontecimentos aqui narrados, essas terras situavam-se a noroeste de Brasília, relativamente próximas das serras do Cachimbo e do Roncador e dos cursos dos rios Araguaia e afluentes.

A composição de seu povo era bastante heterogênea, incluindo remanescentes dos antigos povos indígenas, imigrantes brasileiros de diversas regiões, sobretudo do Nordeste, além de europeus e asiáticos.

O país tinha umas quinhentas milhas quadradas, menos que oitocentos quilômetros quadrados, com a forma de um semicírculo, ou seja, era semelhante a uma grande banana, entre cujas extremidades repousavam as águas de um lago, chamado Parangolé. A mansidão das águas convidava ao lazer; e as construções à sua margem — inclusive o palácio do governo — abrigavam uma frequentada gama de equipamentos turísticos. A ilha se dividia em 64 províncias, dependentes do poder central, o qual escolhia os respectivos administradores. A capital, Virgília, era cercada por uma alta muralha de pedras, rodeada por um fosso profundo. Mas as ruas eram arborizadas e as casas, embora obedecendo a um padrão único, serviam aos propósitos para os quais tinham sido construídas.

— No tempo antigo, tudo isso aqui era só um mundão de água com um bananão no meio. Os índio falava Bananau. E aí ficou o nome — palavras de um sertanejo, que se dizia também "universitário".

Em termos econômicos, Bruzundanga, tendo a cana-de-açúcar como principal produto, dependia comercialmente do Brasil, sem o qual suas riquezas não circulariam. E as fontes dessas mal exploradas riquezas eram também a pecuária e os recursos minerais. Em meados do século XIX, na falta de mão de obra africana, começaram a chegar imigrantes chineses, homens e mulheres, contratados para trabalhar nos canaviais. Não chegavam a muitos milhares, mas reproduziram-se em larga escala até se constituírem num segmento de relativa importância na vida do pequeno país, e foram estigmatizados pela alcunha *xinandangas*.

Na verdade, durante muito tempo, Bruzundanga foi quase uma parte do Brasil. Mas nem mesmo os bandeirantes paulistas se aventuraram a chegar lá. Entretanto, com o Barão do Rio Branco, o Império brasileiro estabeleceu na região um protetorado, completamente abandonado com o advento da República, o qual acabou se transformando em um estado monárquico independente. Após uma guerra, jamais noticiada, em que os combalidos exércitos brasileiros, na época de Canudos, foram também lá derrotados, o Reino da Bruzundanga se tornou também uma República, logo reconhecida pelos Estados Unidos da América e fortalecida após a Segunda Guerra Mundial. E sem que ninguém tomasse conhecimento disto. Nem a ONU.

Mal pisando em Virgília, a capital do país, o nosso Maurício de Oliveira travou contato com um quadro político igual ao daqui. Aliás, seu amigo Ernesto L. Barreto já tinha dito e escrito que Bruzundanga é um país que, embora semelhante ao nosso até na fala, sempre viveu uma relação de amor e ódio com o Brasil. Não se incomoda com a natureza verde-amarela, mais pobre que a sua, entretanto guarda uma inveja doentia de suas praias. Não gosta da música nem das muitas danças brasileiras, mas tem loucura pelas escolas de samba, que vê na televisão. E abomina a "horripilante" feijoada. O povo de lá, embora fale português, não diz aipim e sim *mandioca*; nem caça javali, mas *caititu* etc. Por isso, detesta violentamente a cidade do Rio de Janeiro. Ou ama demais?

Naquele momento, também na Bruzundanga, a partir da capital, cresciam e se espalhavam, em todos os quadrantes e em todos os níveis, a desigualdade social, as organizações criminosas e a corrupção. Nesse triste cenário, Ilmer Daglione, político de baixíssima expressão, catapultado por um grande conluio político, derrubou a ditadura de López e foi guindado à condição de presidente da República, por alegada, mas nunca provada, esmagadora maioria de votos.

— O Brasil jamais viu ou verá um presidente como Ilmer Daglione! — diziam alguns. Primeiro, porque era meio italiano e meio francês. Segundo, porque era preto. Mas essa segunda condição mexia com as lembranças do turista adventício Maurício de Oliveira, ou melhor: do grande Cicinho.

O presidente, nascera na Eritreia, país localizado no Chifre da África, na região do Mar Vermelho. Vinha de uma pobre família, italiana pelo lado paterno e francesa pelo materno, que levava vida nômade na planície desértica. Sua mãe, um dia, vendo o Mar Vermelho pela primeira vez, suspirou: *Il mer*, misturando as duas línguas que falava. E aí criou esse nome afrescalhado, que junta o italiano *il* (o), artigo definido masculino, com o francês *mer*, substantivo feminino. E isto por um capricho musical, pois era fã de Beniamino Gigli, cantor de ópera, e Charles Trenet, cantor popularíssimo, ao mesmo tempo — os quais ouvia no radinho de pilha, um dos poucos bens da família.

A vinda da família para o Brasil e seus feitos no país eram, por força de um decreto presidencial, segredo de estado. O que se sabia dele é que efetivamente não era um bom caráter. Muito menos, inteligente. Mas que era esforçado, isso ninguém podia negar. E foi assim que ingressou na carreira política. Primeiro, como cabo eleitoral no município de Tacaporongo, onde foi galgando os passos necessários e chegou, por incrível que possa parecer, a deputado. Esse cargo o catapultou — ninguém sabe bem qual a força motriz — ao cargo de presidente da República, para o qual foi eleito com uma votação inacreditável.

Vindo de onde veio, e como os mais velhos sabiam mas não se atreviam a dizer, o preto Daglione, com pouco preparo e instrução elementar, catalisou o desencanto geral e o sentimento de revolta que tomara conta sobretudo dos bruzundangas menos esclarecidos — entre os quais, muitos emergentes sociais — que nada sabiam sobre as causas das desigualdades. Em meio a essa camada, alheia ao jogo político próprio de muitos partidos, corria a falsa ideia de que indígenas são seres indolentes e que descendentes de africanos escravizados são naturalmente inferiores.

E a grande desgraça aconteceu: a esse tipo de eleitor juntaram-se grandes grupos que viram na eleição de Ilmer a oportunidade que lhes faltava para aumentar ainda mais seus lucros e empobrecer os pobres mais ainda. Não obstante, uma ferrenha oposição logo começou a se articular.

— Se não fosse o Ministério da Defesa, como a imprensa chama o batalhão de advogados chicanistas que ele mantém desde seu ingresso na vida pública, a folha penal de Daglione quase dava a volta ao mundo. Quer ver só? Olha aqui.

O velho e respeitado Maurício de Oliveira, à mesa do Bruzunda's, acabara de almoçar com o colega Ernesto Lima Barreto e três jovens estagiários, uma moça e dois rapazes. Aquele era um dos intermináveis rega-bofes que — consoante um hábito forense adquirido no Rio de Janeiro, onde se formara — Barreto promovia, toda sexta-feira, no afamado restaurante do Centro de Virgília e se prolongavam até o início da noite. O douto hermeneuta mostrava no Código Penal, vergonhosamente plagiado do brasileiro, promulgado em 1940:

— Artigo 121: homicídio... Isso todo mundo sabe...; 122: induzimento, instigação ou auxílio a suicídio ou a automutilação... Essa foi no caso daquela moça, lembram? 129: lesão corporal, ofensa a integridade corporal ou a saúde de outrem...; 135: omissão de socorro, deixar de prestar assistência, quando possível fazê-lo sem risco pessoal...

— Isso foi naquele caso do atropelamento, em que arrancou com o carro e se mandou, não foi? — a bela estagiária conhecia a ocorrência. O eminente Barreto fez que sim e prosseguiu:

— Artigo 155: furto, subtração, para si ou para outrem, de coisa alheia móvel... Isso foi quando ele era moço, mas conta também...; 157: roubo, subtração de coisa móvel alheia, para si ou para outrem, mediante grave ameaça ou violência... Teve também, sacando a pistola...; 159: extorsão mediante sequestro, sequestro de pessoa com o fim de obter, para si ou para outrem, qualquer vantagem, como condição ou preço do resgate; 171: estelionato, obtenção, para si ou para outrem, de vantagem ilícita, em prejuízo alheio, induzindo ou mantendo alguém em erro... Essa não é novidade pra ninguém.

Assim, levantando-se e vestindo o jaquetão de seis botões, pois já passava das sete horas, o mestre concluiu:

— Esse cara e a corriola dele viraram tudo de cabeça pra baixo. Invadiram casas, violaram correspondências; barraram o direito de a rapaziada chegar e sair, se reunir, criar suas associações. Enfim, eles pegaram todo o capítulo sobre Direitos e Garantias Fundamentais da Constituição e apagaram. E nessa, revogaram, no peito, o capítulo dos direitos sociais todinho.

Belíssima súmula. Cujos primeiros passos, como muitos sabiam mas não contavam, foram dados ainda na instrução primária, por meio de pequenos furtos praticados contra colegas: um lápis, uma borracha, um apontador... Depois, o relógio da professora e os óculos do diretor. Sem deixar rastros. Na vida pública, o primeiro mandato como vereador foi marcado por uma investigação sobre desvio de merenda escolar, não concluída mas encerrada. Já na presidência, promoveu farta distribuição de empregos e cargos em comissão a parentes e amigos, de auxiliar de serviços gerais a ministro da Ciência e Tecnologia; e de ministro de sua defesa particular. Todos, pontual e regiamente remunerados, em dinheiro vivo e sem exigência de recibo. Nos últimos tempos essas ações foram expandidas por meio da ligação com *lobbies* internacionais de fabricação de armamentos e de gerenciamento de jogos de azar, através de cassinos e *jukeboxes* avulsas. Para tanto, e por tanto, foi também acusado de falsidade ideológica, desvio de recursos públicos e *money laundering*. Assim mesmo, em inglês, língua preferida na Bruzundanga.

A realidade é que Ilmer Daglione se elegeu de modo fraudulento e governou atabalhoadamente. A organização político-administrativa do Estado foi ignorada, assim como o pacto federativo, com a autonomia dos estados e municípios, que foi posto de lado:

— Carta Magna é latim; e latim é língua morta — ele tripudiava, disparando a gargalhada mefistofélica, uma de suas marcas registradas, acrescentando que a tal da Constituição tinha muita coisa escrita. Em suas falas do trono, deixando escorrer a baba pelo canto esquerdo da boca escancarada, sentenciava: — Cultura pra mim, é horta, canteiro e plantação; o resto é vagabundagem e putaria.

Extremamente mal-educado, irritadiço e grosseiro, Daglione incluía palavras de baixo calão, até mesmo em discursos protocolares. Segundo alguns diagnósticos seria portador de um quadro patológico, conhecido como Síndrome de Tourette, na modalidade chamada coprolalia, expressa no incontrolável impulso de falar obscenidades. Não fazia o mínimo esforço para se curar ou corrigir e quando era advertido por alguém, mesmo de seu meio, soltava as frases, que, em Virgília, já se tinham tornado quase refrões cotidianos:

— Não f*#*, porra! Vai tomar no *#*. Quem manda aqui sou eu! Vai-te pra *#*#, antes que eu te encha de porrada, seu *#* de merda!

Esta parte final, conforme o sexo da pessoa a quem se dirigia, podia derivar para variantes como "sua p*#*# escrota" e expressões correlatas. E, de acordo com a plateia, às vezes, mas muito raramente, vinha com tarjas onde se lia a clássica advertência: CENSURADO.

— Doença? *Non! Solo ricordi d'infanzia e di giovinezza* — respondia a tia Anunziatta aos interessados.

Quando deputado, o trêfego Daglione destacou-se como autor de projetos de relevante interesse público, em toda a Bruzundanga, tais como: incentivo aos balões tradicionais das festas juninas; liberação das competições noturnas de velocidade em automóveis, nas ruas e avenidas, lá também conhecidos como pegas; extinção dos sinais de trânsito e limitadores de velocidade nas vias urbanas; reconhecimento e regulamentação da profissão de caçadores e/ou comerciantes de aves canoras; incentivo às rinhas de brigas de galos; liberação do uso de cocaína para fins recreativos; incentivo às competições entre empinadores de pipas, pandorgas e papagaios com linhas envidradas, inclusive as da espécie conhecida como chilena. Tudo isto para devolver a felicidade do povo, com o fim do cerceamento às fontes de alegria popular.

Na presidência, Daglione inclusive alimentou e estimulou entre os bruzundangas o ódio ao Brasil, levando esse sentimento ao paroxismo e à paranoia. Assim, quando ouviu os rumores de um movimento para separar o Rio de Janeiro do restante do Brasil, ele imediatamente se colocou à disposição do movimento insurrecional, prometendo apoio total e irrestrito, sobretudo de material bélico.

Daglione tinha sido eleito por maioria de votos, alguns anos antes. Assim, ao mesmo tempo em que articulava o apoio à "louvável insurreição brasileira", o tiranete resolveu tirar um dia pra comemorar o primeiro aniversário de sua atabalhoada gestão, com uma grande festa. E o fez numa ilha cenográfica — ele dizia *oceanográfica* — construída no Lago Parangolé, evocando toscamente a brasileira Ilha Fiscal, na famosa baía de Guanabara

Como estampou a *Voz de Bruzundanga*, a ilha cenográfica apresentava aspectos irreais, parecendo saída das páginas de um conto de Sheherazade. Numa iluminação feérica, 10 mil lanternas venezianas ofereciam uma intensidade de luz superior a 14 mil velas nº 10.

E, da torre do palacete *fake* erguido para a festa, um poderoso holofote de 60 mil velas varria as águas do lago, de instante a instante, e, rodopiando, inundava de luz toda a ilha. O cais abrigava um lindo jardim tropical e a ponte de desembarque mostrava-se recoberta de preciosos tapetes. Os salões de dança, adornados com raro bom gosto, só encontravam rival na pequena sala de *toilette* da primeira-dama e no salão da ceia, onde violetas de Parma debruçavam-se sobre jarras de Sèvres e se esparramavam pelo tapete para recebê-la: ela, a primeira e única, dona Anunziatta, a tia do presidente.

A mesa do banquete atraía a atenção de todos. Segundo o chefe do cerimonial seriam servidos, naquela noite inesquecível, 1.600 frangos, oitocentos perus, seiscentos pernis de presunto, 64 faisões, dezoito pavões, oitocentos quilos de camarão, oitocentos vidros de trufas, 1.200 latas de caviar, 20 mil sanduíches, tudo bem decorado com legumes, flores e frutas. De sobremesas, 14 mil sorvetes e 2.900 bandejas de doces sortidos. E o Master Chef, envergando um dólman preto aveludado e ostentando no peito, lado esquerdo, todas as suas condecorações, conferia: "São onze pratos quentes, quinze frios, doze tipos de sobremesas, quatro qualidades de champanhe, 23 espécies de vinhos e seis de licores."

Faltavam alguns minutos para as 21 horas quando chegaram o presidente e a excelentíssima senhora sua tia — ele era solteirão — protegidos um por grande número de seguranças e vestidos com o mau gosto habitual. Ao som do Hino Nacional de Bruzundanga, foram conduzidos ao salão da ala sul, onde se acomodaram, junto ao grupo restrito de parentes e auxiliares.

À meia-noite, entretanto, quando a orquestra que animava o baile executava uma *sofrência* paraguaia e os casais, deleitados, dançavam sensualisticamente, de repente as águas do Lago se encresparam, dando lugar a um evento inexplicável.

Os primeiros a enxergar a nuvem vinda do sul foram os sentinelas, que logo alertaram os seguranças. E estes, ao verem-na mais de perto e mais nítida, julgaram ser pássaros, descendo em formação perfeita, sintonia e velocidade incalculáveis. Quantos seriam? Cem? Mil? Cem mil? Cem milhões? À medida que entravam no salão, em *travelling*, com garras cortantes, eles embarafustavam-se nos cabelos das mulheres, enfiavam-se em decotes, saias, campanas de trombones e trompetes, bolsas, paletós, bandejas, gravatas, cordas de piano, copos, fardas, pratos, terrinas, cuecas, pratinhos, sutiãs, nádegas flácidas e carnudas... Sentinelas atiravam para o alto, seguranças tentavam conter os voadores com guardanapos e toalhas... Que se ensanguentavam nos corpos que tombavam por todo o chão da festa. Ou caíam no Lago. Treze minutos de *razzia*, massacre, chacina, mortandade apocalíptica... Nuvem de gafanhotos malditos! Praga de todos os Egitos!

Foi como um horrendo tsunami, varrendo a Ilha Encantada de Virgília, e deixando como vítimas fatais, além de ministros, assessores, familiares e pessoas mais próximas, o próprio presidente Ilmer Daglione.

Mas esta foi apenas uma versão sobre o acontecido naquela noite. Outra narrativa diz que, pouco depois da meia-noite, a tia do primeiro mandatário da República, que os oposicionistas chamavam de rainha-mãe, pois mandava um bocado, queixando-se de um repentino mal-estar, quis ir embora:

— Vocês podem ficar. Cidão me leva — disse ela.

Cidão era o motorista da família, um negro ainda jovem, ótima aparência, bem-educado e tranquilo. Trabalhava para os Daglione havia mais de três anos. Respeitoso e dedicado, era pessoa de extrema confiança. Ilmer Daglione, embora tivesse a pele de tonalidade castanho-avermelhada, por conta da origem eritreia, não gostava de preto. Mas abria uma exceção pro motorista, o qual logo chegou para levar a excelentíssima senhora.

— Vai, tia, que eu estou aqui só terminando um negócio e daqui a pouco vou também — disse o sobrinho.

O presidente estava decidindo um assunto importante. O interlocutor era o embaixador de um país asiático. O negócio em discussão era coisa de bilhões de dólares e o presidente, já meio alto, ainda levou mais de uma hora até resolver-se a ir também.

O motorista que veio atendê-lo não era o brasileiro Cidão, que ainda não voltara, mas era o Osmar, primo dele, também brazuca. E não fazia diferença, pois, afinal, ele dizia que — e todo mundo ria — "preto motorista é tudo igual". Mas naquela noite foi diferente.

Chegando à mansão presidencial, mesmo de pilequinho, Ilmer entrou com cuidado para não acordar a titia, subiu o lance de escada, chegou ao quarto, empurrou com cuidado a porta, que estava entreaberta, e se deparou com a cena inominável: dona Anunziatta Daglione, completamente despida, as coxas pelancudas generosamente arreganhadas. E a cabeça do Cidão...

Ilmer Daglione ainda tentou sacar a pistola Lugger. Mas, grunhindo numa dor medonha, tombou no chão acarpetado. Vomitando e esperneando, levou a mão ao lado esquerdo do peito, estertorou e se acabou.

Segundo ainda outras versões, o presidente chegou a ser levado até o Hospital de Virgília. Mas seu quadro se agravou com um violento distúrbio gastrintestinal, que igualmente acometeu a todos, dados como mortos na tarde seguinte. Especula-se, segundo mais esses relatos, que a *causa mortis* tenha sido envenenamento, talvez através de algum acepipe ou birinaite servido.

Por mais incrível que tudo isso possa parecer, ainda há outras versões para a morte do presidente. Uma delas diz que, na verdade, o corpo de Daglione ficou desaparecido durante vários dias e só na semana seguinte à medonha festa, já muito mais putrefato do que fora em vida o seu caráter, foi encontrado boiando, por um pobre morador das redondezas do Lago.

O certo é que, como deu no jornal, o corpo de Sua Excelência foi velado na catedral de Virgília e sepultado, com as honras de estilo, no recém-inaugurado Mausoléu dos Heróis da Bruzundanga. Na cerimônia final, fazendo uso da palavra, um orador anônimo fez o elogio do finado, assim concluído:

— E no oceano da vida brasileira em que se arrojava para o Ideal democrático, tanta força, desencadeada por um só espírito, vemos quebrar-se a onda mais alta, sob a mais pura estrela. Dia a dia, porém, crescerá essa glória sobre o túmulo de ondas efêmeras com a própria nação imorredoura. É um desafio à Morte o que voa do féretro do já saudoso Ilmer Daglione, para a alma eterna do Brasil.

O discurso e a interpretação do orador impressionaram a todos. Só que, no dia seguinte, o *Correio Virgiliense* publicou a fala completa, informando — visto que se tratava de um país lusófono — que era um plágio sem-vergonha, *ipsis litteris*, do elogio fúnebre do brasileiro Rui Barbosa, proferido à beira do túmulo por certo Celso Vieira no dia 2 de março de 1923.

7

A morte de Ilmer Daglione não comoveu ninguém em seu país.

— Morreu? E daí? Todo mundo não tem que morrer, mesmo?

A vida não podia parar. Então, tudo seguia normal. Inclusive o lazer e as atividades desportivas. Sem máscaras de falsa tristeza; e com o apoio à revolta brasileira completamente esquecido.

Entretanto, segundo o mestre Maurício de Oliveira, condições climáticas e arquiteturas à parte, do ponto de vista político e ideológico, Virgília e Brasília pareciam gêmeas siamesas. E tanto os mais esclarecidos quanto os menos botavam a boca no trombone:

— É lá e cá! Tanto aqui quanto lá os projetos de poder não têm nenhum compromisso com ética ou direito. Claramente criminosas, essas iniciativas, embrulhadas numa falsa espiritualidade, são pregadas através de ações mercadológicas e vendidas como teologia.

Esta paulada certeira veio de um grupo religioso sério e respeitado. Da mesma forma que, no Rio de Janeiro, outros setores denunciavam os abusos e aberrações que vicejavam em campos como direitos humanos, meio ambiente, saúde, educação e cultura. Teorias derrubadas pela ciência milênios atrás, como a da platitude da Terra e a da criação do Mundo a partir do nada, eram ressuscitadas em escolas do ensino fundamental.

Aproveitando esse clima, no Rio de Janeiro, políticos, juízes e gestores públicos, dizendo-se não comprometidos com nenhum governo, começaram a se articular em torno de uma velha ideia. Nela, depois de muitos anos de truculência, desmandos etc., eles, se autoproclamando *cidadãos de bem*, tramavam reerguer a Cidade Maravilhosa. E não só reerguer como torná-la independente da República de Brasília, transformando-a finalmente no próspero, aprazível e feliz Estado que sempre todos desejaram que fosse.

A partir dos limites da então capital fluminense, com os bairros transformados em municípios, desenhava-se o novo território. A ele seriam acrescidos, por anexação voluntária, espontânea e amigável, na direção norte, de partes de Niterói, São Gonçalo e Itaboraí; da Região dos Lagos ou Costa do Sol até São Francisco de Itabapoana bem como de parte da costa capixaba, de Itapemirim a Conceição da Barra. Na direção sul, o território se estenderia da Costa Verde fluminense e do litoral norte de São Paulo, compreendendo a faixa de Ubatuba a Bertioga.

O movimento marista, como foi chamada a iniciativa — por seu lema "O mar acima de tudo", reforçado por outro, "Marismo e não marasmo" — se inspirava no Rio Capital, mobilização que, alguns anos antes, reivindicava a volta da capital para a cidade carioca. Nada a ver com Bruzundanga, hoje apenas uma referência mitológica — que me desculpem o Ernesto e o Afonso Henriques.

Foi o ano da Conferência das Nações Unidas sobre o Meio Ambiente e o Desenvolvimento, também chamada Cúpula da Terra, Cimeira do Verão, Conferência do Rio de Janeiro etc. — um evento organizado pela ONU, reunindo chefes de Estado de quase todos os países. Com o objetivo de debater os problemas ambientais em todo o mundo, o gigantesco encontro devolveu ao Rio o seu velho protagonismo como vitrine do país. E isso da mesma forma que a capital do Planalto continuava sendo vista, do ponto de vista político-partidário, como uma espécie de Morada do Drácula, oculta e isolada, onde se tramavam e executavam todos os desmandos. Além disso, pela nova Constituição Federal, o Planalto passou a ter o direito de eleger governador e deputados distritais, o que, embora juridicamente legítimo, tirava da cidade as características de uma capital de verdade, representativa de todos os brasileiros, como antes fora o Rio.

A prerrogativa constitucional concedida a Brasília inspirou o surgimento das duas correntes ideológicas que agora se opunham: a dos maristas, que achavam ser o mar elemento fundamental para a funcionalidade da capital, e a dos sertanistas, que continuavam acreditando nos motivos que levaram à criação da cidade planaltina. E a ideia separatista chegou ao Cicinho através do Betão, irmão do Chicão, o mais radical dos colegas da faculdade, morto no Araguaia.

O encontro dos dois foi em uma noitada de samba no Clube Renascença, no Andaraí, comandada pelo legendário dom Filó, inventor do "Black Rio". Não era exatamente uma "roda de samba", no sentido tradicional, nem um "pagode de mesa", modalidade que já começava a fazer sucesso. Era uma espécie de programa de auditório, em que os compositores apresentavam seus sambas mais conhecidos ou aqueles novos, em lançamento. O modelo vinha da famosa "Noitada de Samba do Teatro Opinião"; e agora renascia, expandindo-se por vários clubes na Zona Norte.

Maurício de Oliveira, o Cicinho, pensou em aderir ao movimento. Achava que, apesar da fisiologia da maior parte dos aderentes, que enxergavam mais as delícias das praias do que reais oportunidades para todos, a consciência viria com o tempo. Ingenuidade ou oportunismo? Ifá trouxe a resposta.

A casa era em Guaratiba e Cicinho chegou até lá por misteriosas mãos femininas. Já tinha ouvido falar em Ifá, prática ritual que teria a ver com jogo de búzios. Inclusive, sua informante mencionou que era algo desaparecido dos terreiros de candomblé havia muito tempo, desde os anos 1930, talvez, e que, naquele momento, revivia no Brasil com muita força, envolvendo inclusive jovens universitários, como o rapazinho que o atendia, estudante de Antropologia, que era quase um menino, miúdo de corpo, mas bonito em sua mulatice; elegante na fala e nos gestos; e sobretudo no gorrinho branco dobrado para o lado esquerdo, à moda iorubana, mas deixando aparecer parte da cabeleira black.

Na casa, era chamado de "Mocinho de Oxeturá" e, segundo contou, sem entrar em nenhum detalhe, tinha se iniciado ainda no colo da mãe, para resolver um sério problema de saúde. E ali, com menos de 1 ano de idade, começara uma preparação com muitos rituais e muitos ensinamentos, transmitidos pela oralidade, e que, de uns três anos até aquele momento, eram enriquecidos com os conteúdos de seu curso na faculdade.

Depois das apresentações e de uma breve conversa, o simpático Mocinho explicou:

— O oráculo Ifá responde a interrogações ontológicas que os humanos sempre se fizeram: o que é a vida, qual sua razão de ser, qual o destino da humanidade e de cada um de nós... Tudo, enfim.

Nada mais disse nem lhe foi perguntado. Então, estendeu uma pequena esteira num canto do cômodo onde estavam, agachou-se, sentou-se, desembrulhou uma espécie de bandeja de madeira, pousou-a sobre a esteira, puxou-a para o espaço entre suas pernas aber- tas, espalhou nela o pó de uma substância amarelada, sempre olhando na direção da cabeça do nosso Doutor. Feito isso, engrolou uma ladainha numa língua estranha, espargindo no chão gotinhas d'água de uma cuia. Em seguida, encostou na testa de Cicinho, por duas vezes, uma correntinha dupla com quatro cascas de coquinhos de dendê presas em cada lado. Ato contínuo, atirou delicadamente a corrente, uma vez e mais outra, na bandeja, ao mesmo tempo em que batia nela com a ponta de um fragmento de chifre de um pequeno cervo, talvez africano.

Entre "perguntas" e "respostas", num diálogo mudo entre o Oráculo e seu intérprete, o ritual de consulta durou bem uns cinquenta minutos. E a resposta de Ifá sobre se o nosso amigo deveria ou não participar do movimento marista veio com dois fortes comandos, assim enunciados pelo jovem e compenetrado babalaô Mocinho: *Otrupon Yekun! Ogunda Trupon!*

O ritualista explicou o significado desses dois odus ou "signos" através de lendas milenares da tradição iorubá que, em resumo, afirmavam que o consulente não deveria, de maneira alguma, se deixar envolver pela grande tempestade que estava a caminho. E, caso insistisse, pagaria muito caro pela aventura, pois os presságios eram de sangue, destruição, morte... Desgraça, enfim.

O doutor Maurício entendeu muito pouco do que viu e ouviu. Não tinha nada a ver com os conselhos da preta velha Maria Conga, quase um membro de sua família. Mas como nunca foi de briga, sendo, pelo contrário, um operador da justiça sempre do lado da legalidade e pacifista até a raiz dos seus crespos cabelos, resolveu cair fora da insurreição. Da mesma forma, Dora Casemiro, sua ex-mulher, declarou-se abertamente contra o que definiu como "aventura branca, machista e pequeno-burguesa", sublinhando que faltava ao movimento base popular e propósitos efetivamente ideológicos.

O objetivo do Movimento Marista, como anunciado, era a criação de uma federação de unidades políticas litorâneas, tendo como base princípios consagrados na "Constituição Cidadã" de 1988, sobretudo os referentes à cultura e aos direitos humanos e sociais. Seu nome, República dos Estados Unidos de Orlândia, por causa da orla, ou Marilândia, em homenagem ao mar. Outro nome sugerido foi Abeocutá, em louvor à deusa Iemanjá. Mas o Estado precisava ser laico.

As razões que levavam as pessoas ao marismo variavam muito, indo de motivações efetivamente político-sociais a caprichos e interesses unilaterais, e até mesmo personalíssimos, como, por exemplo, os de Helvécio dos Santos, o Vevé da Vila.

Grande cavaquinista, mas ébrio contumaz, Vevé carregava, como sua maior obsessão, a missão de fazer erigir, no Rio, um monumento ao seu ídolo Pau Queimado. Ele não admitia que o corpo do instrumentista — considerado o primeiro depois de Waldir Azevedo, insuperável autor e intérprete de "Carioquinha", "Brasileirinho", "Vê se gosta" etc. — estivesse enterrado em Brasília, só porque morrera lá. Por isso tentava, por todos os meios, trasladar os restos mortais de Pau Queimado para a Cidade Maravilhosa, junto com seu mavioso cavaquinho. Para tanto, buscou primeiro o apoio da Casa

Pixinguinha, prestigiosa entidade cultural sediada no bairro de Olaria, mas a casa discordou da homenagem. E o motivo era mais que justo: numa demanda que já durava mais de vinte anos, a Casa vinha tentando, sem sucesso, erguer um monumento ao grande Alfredo da Rocha Viana Júnior, seu patrono, até então só lembrado por uma estátua pequena e caricata colocada na calçada de uma uisqueria na Travessa do Ouvidor.

— Em Nova Orleans, Louis Armstrong tem uma praça só pra ele, a Congo Square. Aqui, o velho Pixinga só tem aquilo lá, meu camarada! E isto é que é urgente pra nós. — O presidente da entidade também era cavaquinista, mas foi inflexível.

Pau Queimado — na carteira da Ordem dos Músicos, Jorge Benjamim da Hora — foi um carioca da estação de Terra Nova, próxima do Largo de Pilares. Descendente da legendária Maria Benjamim, proprietária de vasta extensão de terras na localidade, ainda na adolescência destacou-se como hábil cavaquinista e inspirado compositor de chorinhos buliçosos. Na década de 1960, Pau Queimado mudou-se para Brasília, onde granjeou a admiração de grandes músicos radicados na cidade, como Waldir Azevedo e o citarista Avena de Castro. Entretanto, como além do Clube do Choro, somente se apresentasse em festas da elite política e, mais tarde, em raros programas da TV Senado, o virtuoso artista acabou entrando em profunda depressão, pelo que foi internado num hospital local, onde veio a falecer.

Barrado em seu propósito de homenagear o saudoso mestre, Vevé da Vila resolveu juntar um grupo de grandes músicos alcoólatras e sem fama, fundando uma associação, a UCA, União dos Cavaquinistas Anônimos, para realizar seu intento. E não conseguiu, é claro. Por isso, tomou uma tremenda bronca de Brasília, à qual dedicou um chorinho que compôs, com o nome *Antipática*, selando seu ingresso nas hostes marísticas.

Já o bombeiro Evaristo aderiu ao movimento por outras razões. Porte atlético, bigode cheio, esse amigo dos amigos, como se apresentava no boteco do Cabelada, sempre quis ser um bravo soldado de fogo. E, quando conseguiu, destacou-se em inúmeras operações de resgate e salvamento. Herói nos maiores sinistros que aconteceram no Rio, com a mudança da capital, e tendo o Corpo de Bombeiros do Rio de Janeiro que transferir parte de seus efetivos para Brasília, ele não quis ir, mas acabou sendo obrigado pela mulher, que viu a mudança apenas pelo lado financeiro, pois ele quase que triplicaria os vencimentos.

Sua transferência para a nova capital representou um triste e doloroso exílio, pois Brasília, por diversas razões, nunca teve um incêndio importante ou um sinistro de grandes proporções, como as catástrofes, os deslizamentos de encostas ou esboroamentos de barreiras que aconteciam no Rio. Então, cada vez que acontecia uma tragédia desse tipo no Rio, ele, de lá, relembrando a Catacumba, a Praia do Pinto, o edifício Andraus, o Andorinha, os choques dos trens em Paciência e Mangueira, a explosão do paiol de Deodoro, choramingava: "Nessa droga de lugar não acontece nada de verdade." Por isso, ele odiava aquilo lá em cima e todo o mato ao redor.

Ao saber do movimento marista, Evaristo cometeu o gesto extremo: pediu pra ser reformado da corporação, anunciou o fim do casamento, largou mulher e filhos em Brasília e voltou para o Rio, de capacete e ferramentas, direto para o célebre morro de Mangueira, onde montou seu quartel-general. Continuou sendo bombeiro, mas hidráulico.

— Mesmo assim, é melhor do que ser encanador, como se diz em São Paulo — justificava a opção.

Do mesmo jeito, Mãe Quitéria, ialorixá de um candomblé na estação de Anchieta — já quase Nilópolis — e baiana da escola de samba Beija-Flor, era ritualisticamente a favor da volta da capital para o Rio. Principalmente porque, assim, haveria a possibilidade de se resgatar a Festa de Iemanjá, do jeito que era antigamente, na passagem do ano:

— Desde os anos 1950 que nosso povo do santo faz essa festa. E isso começou num fim de ano em que um padre botou lá uma procissão, com Nossa Senhora no andor, pela avenida Atlântica, na beira da praia. A ideia dele era atrair o povo da umbanda para uma missa na igreja. Mas o resultado foi diferente. As pessoas que estavam na beira da praia saudaram a Virgem Maria com respeito, mas continuaram com suas oferendas pra Iemanjá. Porque todo mundo sabe que Iemanjá e Nossa

Senhora é a mesma coisa. Quer dizer, naquele tempo as pessoas sabiam. Porque hoje em dia, a praia, no 31 de dezembro, é mais pra foguetório e show de artista da televisão. Mas o mar continua lá, coisa que em Brasília ainda bem que não tem — assim falava Mãe Quitéria.

Desta forma, apesar dos recuos, renúncias e desistências, o movimento marista crescia. A adesão da célebre professora Etiópia de Oliveira Houston, por exemplo, foi absolutamente natural. Embora nascida em 1910, ela se cuidava e se dizia inteiramente apta a prestar seus melhores serviços à conjura. Aliás, de acordo com a hora, o dia e o mês, a mestra se referia ao movimento por diversos nomes: conjuração, conspiração, insurreição, motim, rebelião, revolta, sedição, sublevação etc. Só não chamava de intentona nem de mazorca, porque isso era jargão de imprensa marrom, como dizia, tomando seu licor de tangerina.

Dona Etiópia, mesmo com todos os convites recebidos, jamais saíra do Rio de Janeiro. Orgulhava-se de ser carioca da gema, pois, tetraneta, bisneta, neta e filha de cariocas, não tinha nenhum estrangeiro em sua família. Sabia os nomes de todas as estações dos quatro ramais de trem — Central, Auxiliar, Leopoldina e Rio Douro — e de todas as linhas de bondes que um dia trafegaram pela cidade, do Leblon a Guaratiba, do Caju a Cascadura, de Campo Grande ao Irajá.

Por essa época, a distinta senhora conhecia todos os cinemas da cidade, e previa:

— Não dou dez anos para todos começarem a se transformar em igrejas evangélicas.

Da mesma forma, frequentara todas as praias, da Macumba até Maria Angu, no tempo em que todas elas tinham aquela água limpinha, como gostava de lembrar. E estádios de futebol? Dona Etiópia não declinava sua preferência futebolística, mas, quando ouvia falar em um tal de Tomaz Soares da Silva, quase se entregava. Quanto a teatros, também conhecia todos, inclusive o de Madureira, para prestigiar a saudosa Zaquia Jorge, que teria sido sua aluna no Colégio Souza Marques. Sobre escola de samba, ela confessava:

— Só soube o que era depois do carnaval de 1963. Ali, compreendi e me encantei. Na minha juventude não era coisa pra moça de família, como minha mãe achava. Mas era tudo preconceito.

Dona Etiópia de Oliveira Houston nasceu em uma família de negros letrados, todos com curso superior. Mas, entre todos os seus, foi uma das primeiras mulheres a defender tese de livre-docência em Educação e a escrever sobre cultura popular, publicando os famosos livros *Delírios alvirrubros: histórias e memórias da velha guarda da escola de samba Acadêmicos do Salgueiro* e *Negociações e conflitos: movimento negro e intolerância racial na Baixada Fluminense.*

A adesão da *Mestra de Todos Nós* ao movimento marista foi recebida com uma salva de palmas de quinze minutos, ouvida da Catacumba, na Lagoa, até o Largo do Bodegão, no matadouro de Santa Cruz.

8

Mais de vinte anos passados desde a mudança da capital, no Rio de Janeiro, tanto o governador do estado, Hassin Assad, quanto a prefeita da cidade, Mara Villoza, estavam afinadíssimos com Brasília. Desta forma, enquanto o presidente controlava o país graças aos recursos advindos da exploração predatória das ainda ricas fontes de energia, como o petróleo das bacias oceânicas, as jazidas minerais e as madeiras sobreviventes da Mata Atlântica, eles completavam e se locupletavam. Para cooptar parte da população, governador e prefeita inchavam as respectivas administrações contratando novos funcionários para todos os escalões. No Palácio Guanabara, Sua Excelência se garantia nos diplomas que tinha na parede, pendurados em ordem alfabética: Brown, Duke, Harvard, Prince, Stanford e Yale. Escudado nesse currículo prodigioso, acumulava as funções de titular das pastas de Segurança, Economia, Transportes e Educação, além do cargo de reitor da universidade estadual. E a prefeita não fazia por menos, exibindo no salão de audiências do Palácio da Cidade, em Botafogo (o *Piranhão* era apenas a sede administrativa), além de uma bandeira parecida com a de Israel, estandartes e insígnias com misteriosos grafismos, talvez dos idiomas hebraico ou aramaico.

O fato é que o governo federal ia de mal a pior. O fluminense também, e o carioca da mesma forma. Em apenas quatro anos, homens e mulheres deixaram de ser iguais em direitos e obrigações, e muitas pessoas foram obrigadas ou proibidas de fazer muitas coisas, sem que essas ações e restrições estivessem previstas em lei. Ao mesmo tempo muita gente era submetida a tratamento desumano e degradante, até mesmo a tortura. As liberdades de expressão, de consciência e de crença e o livre exercício de cultos religiosos foram impedidos, vetados e caçados.

Agora, a única via era mesmo "a revolução e a secessão; a independência ou a morte", diziam os ativistas do marismo. E, de modo geral, a insatisfação popular após a mudança da Capital era grande. Mas os líderes políticos e do ativismo cultural dos subúrbios cariocas não viam com bons olhos a opção marista. E lançaram um manifesto de veemente repúdio:

"Da mesma forma que a recente difusão do termo 'urbano', como sinônimo de cosmopolita e universal, é uma criação dos 'modernos' de hoje, a generalização da

ideia de subúrbio como lugar carente, sem ordem nem conforto, habitado por pessoas pobres, sem educação ou refinamento, parece ser uma criação das antigas elites cariocas."

O documento falava alto.

"Certamente foram essas elites que, tomando a natureza como parâmetro, optaram pela separação da cidade em duas partes: uma, predominantemente litorânea, abrigando preferencialmente os ricos e remediados; e a outra, do outro lado da grande montanha, reservada aos cidadãos tidos como de segunda classe."

O manifesto botava o dedo numa ferida antiga. Mostrava que a atual discriminação contra os subúrbios e a glamurização da Zona Sul não faziam sentido, pois no tempo antigo Ipanema, Leblon e Gávea, por exemplo, é que eram roça, pois juntos somavam menos de 6 mil habitantes contra os 18 mil da Freguesia de Inhaúma. E Copacabana, na Freguesia da Lagoa (onde Botafogo, sim, pontificava), não passava de um grande areal.

O documento metia uma bronca forte. Dizia inclusive o seguinte:

"Frustrada em grande parte a política de remoção de favelas posta em prática na década de 1960, o crescimento de comunidades faveladas nos morros, do Catete ao Joá, fez deles, na parte mais valorizada da cidade — como antes já eram os cortiços —, verda

deiros bolsões de comportamento suburbano. E, nesse comportamento, estão obviamente embutidos, também, componentes antissociais, gerados pela segregação, os quais acabaram por redundar no que hoje vemos, em termos de violência urbana."

Muito bem redigido, o texto levava a assinatura de cariocas ilustres, presentes e ausentes, nascidos na zona suburbana ou moradores dela, em algum momento de suas vidas. Entre eles, estavam lá, por exemplo, os jamegões dos poetas Cruz e Souza e B. Lopes (aquele dos "Cromos"); do compositor e cantor Cândido das Neves; dos popularíssimos Jorge Veiga e Jackson do Pandeiro; do escritor Lima Barreto; dos educadores Sebastião Nascimento e Souza Marques; do médico Soares Dias, conhecido como o *Brummel Negro*, da medicinal Grindélia de Oliveira Júnior, e de muitos outros. Mas tinha também assinaturas não muito recomendáveis, como as da Academia de Letras da Hinterlâdia Carioca (Alhincar), da Liga dos Dirigentes de Estabelecimentos de Jogos de Azar (Lideja), da Associação dos Exploradores de Serviços de Fornecimento de Gás de Cozinha e Água Engarrafada (Explod), da União dos Fornecedores Informais de Sinais de TV a cabo e por satélite (Ufisat), da Associação das Academias de Capoeira (Abadec), da União dos Animadores de Festas Infantis e de Debutantes (Uafid) e outras assemelhadas.

Ninguém sabe ao certo se, nessa época, o dr. Maurício de Oliveira, nossa maior referência, ainda advogava ou se já pertencia ao Ministério Público. Porque ser advogado é uma coisa privada.

— E pertencer ao Emepê é outra, muito mais séria: a função, em qualquer posição, é defender a ordem jurídica e o estado democrático de direito. Por exemplo, a função do Procurador Geral da República, que é o chefe do Ministério Público Federal, não é defender o governo e sim representar os interesses da União, ou seja, do Estado brasileiro, que é a nação como ente político. Assim pensava o nosso herói.

Mas, teorias à parte, o caso é que, naquele momento, a polêmica sobre o movimento marista estava em todos os lugares, desde o elegante Villarino até o Ministério do Fogo Vivo, na comunidade do Urubu Cheiroso, em Irajá, de cujo seio emergiu uma profetisa que causou enorme comoção.

— Esse Brasil é mesmo engraçado. Fica querendo ser americano, já quis ser inglês e francês, mas no fundo o que quer, mesmo, é ser africano. Porque isso de mudar capital já teve no Congo, no início do século XVIII. Aqui, só falta aparecer uma Kimpa Vita, feito aquela espertalhona, lá, que dizia ser a reencarnação de Santo Antônio.

O comentário azedo, quem fez, segundo o cavaquinista Vevé da Vila, foi o padre Bento, que esteve em Brasília na inauguração, jurou nunca mais voltar, porém quebrou a jura quando lhe ofereceram um cargo importante na Arquidiocese. E o episódio histórico a que ele se referiu, confirmado pelo dr. Maurício de Oliveira, que sabe tudo e mais alguma coisa, passou-se mais ou menos assim:

Desde o século XVII, o reino do Congo, já muito enfraquecido pela exploração dos portugueses, vivia numa grande confusão política. A guerra total impediu a coroação do novo rei. Então, uma moça nativa, batizada como Beatriz, quis salvar o país pelo caminho espiritual, fazendo a capital do reino voltar para o lugar de onde tinha sido transferida. Para tanto, passou a fazer pregações, em tom de profecia. Transformando seus discursos em ação política, dizia ao povo que era possuída pelo espírito de Santo Antônio, adorado pelos católicos e também respeitado como guerreiro. O povo acreditou nela que, arrebanhando uma multidão de seguidores, ganhou força. Mas seu real objetivo era acabar com as guerras civis que despedaçavam o Congo e com a intromissão portuguesa nos assuntos internos do seu país. Por isso, acusada de bruxaria, foi condenada e queimada na fogueira em 1706.

O que o padre Bento imaginou acabou acontecendo mesmo: surgiu uma vidente que se dizia sabedora de todos os acontecimentos da Insurreição Marista. Mas, diferente do Congo, no caso brasileiro logo se descobriu que as revelações da profetisa eram patrocinadas por um dos grupos que se diziam "devocionistas", formado por ricos e *bon-vivants*, interessados em manter sua base no Recreio dos Bandeirantes. Até que a bomba explodiu, na porta dos fundos da igreja da Candelária, de frente para a emblemática avenida Presidente Vargas, então a grande passarela das escolas de samba.

No dia marcado para o comício de lançamento do Partido Marista Brasileiro (PMB), estratégia para dar aspecto legal à revolta, a cidade amanheceu com céu nublado. Mas, desde muito cedo, já havia movimento no local. E, na hora do almoço, tanto pessoas que vagavam pelas imediações, quanto gente que chegava especialmente para o evento, iam se juntando na Candelária, onde o palanque fora montado, de frente para a ampla avenida Presidente Vargas. A partir das duas da tarde, com os ônibus e as barcas de Niterói circulando sem cobrar passagem, foi chegando cada vez mais gente, para formar um público calculado em um milhão de pessoas, nas estimativas mais isentas.

A abertura da festa, depois do foguetório de estilo, coube ao compositor e cantor Billy Blanco, que, acompanhando-se ao violão, apoiado pelo vibrante grupo Os Generais do Samba, relembrou um de seus maiores sucessos. Mesmo lançado três anos antes da mudança da capital, era um samba de refrão forte, que todo mundo cantou junto. Até quem não conhecia:

— "Não vou, não vou pra Brasília / Nem eu nem minha família / mesmo que seja pra ficar cheio de grana..."
— A parte que dizia: "*Eu não sou índio nem nada / não tenho orelha furada*", o compositor mudou, malandramente, em atenção aos novos tempos.

Impressionante, aquele coro de quase um milhão de pessoas! A seguir, o locutor anunciou o primeiro orador, um jovem sociólogo, de rabo de cavalo amarrado com um elástico. De camiseta, com a imagem pop do Che no peito, o moço fez um discurso inflamado:

— Essa nova capital já é uma velha decrépita e um tremendo conto do vigário, minha gente! O projeto foi anunciado como um exemplo de ordem e eficiência urbana, como uma proposta de vida moderna e otimista, para ser um modelo de convivência harmoniosa e integrada entre todas as classes sociais. Mas o que já se vê, e ainda vai se ver muito mais, é o crescimento desordenado e explosivo, empurrando as classes baixas para a periferia e reservando o tal do Plano Piloto para uso exclusivo das elites. Além disso, meu povo carioca, a organização urbana não proporciona às famílias nenhum convívio social espontâneo.

O orador encerrou sua fala com uma frase improvisada que parecia mais um slogan: "Basta de Brasília! Novo Rio já!"

Depois, falou uma economista, de calça jeans e túnica indiana, mostrando dados bastante convincentes:

— A farra da construção, minhas amigas e meus amigos, custou aos cofres públicos uma fortuna incalculável. Que já começa a produzir uma crise financeira de proporções certamente avassaladoras. Esse projeto foi de uma grande insensatez, que já causa sérios problemas em termos de habitação, emprego, saneamento, segurança, além de muitos outros mais. Então, que modernização é essa, que já causa tentas perdas ao povo brasileiro? Que modernização é essa, povo do Rio de Janeiro?

Outro discurso muito aplaudido — também gravado e aqui reproduzido na íntegra — foi o do veterano professor Excelso Soares:

— A euforia pela mudança da Capital não passou de um surto. Um surto estimulado por uma conjuntura internacional momentânea, passageira, fruto de circunstâncias, como a inflação na Europa. Mas agora o surto passou, a conjuntura se inverteu. E o Brasil retornou à sua medíocre normalidade. Normalidade esta, sempre e cada vez mais, amarrada ao seu passado colonial. Então, chega de euforia! O futuro está em um novo país, o Novo Rio!

Aí, a multidão, o coro de milhares de vozes, consagrou o slogan ensaiado pelo sociólogo de camiseta: "Basta de Brasília! Novo Rio já! Basta de Brasília! Novo Rio já! Basta de Brasília! Novo Rio já!"

A emoção deu o tom da festa, na qual falaram uns cinquenta oradores, entre mais de vinte números musicais, interpretados por grandes nomes da música popular, cada um mais vibrante do que o outro. Mas, de repente, quando o comício já se encaminhava para o final, a plateia estarrecida teve que abrir alas para uma performance inesperada. Num andor enfeitado com galhos de plantas do mato, carregado por seis homens fortes, fantasiados de soldados romanos, vinha uma mulher, muito bem-feita de corpo, vestida com uma espécie de canga vermelha — como aquela que os romanos chamavam clâmide — enrolada abaixo da cintura, com a barra transpassada por cima do ombro esquerdo e caindo para trás. Refeito do aturdimento, o povo, emocionado, começou a aplaudir, julgando tratar-se de uma cena teatral. À beira do palanque, então, alguém entregou à moça um microfone, que ela pegou, soprou, experimentou e, sempre de olhos fechados, com uma voz estranha, como se viesse de outra dimensão, em tom profético, disse:

— Povo da Cidade Maravilhosa! Eu sou o espírito de São Sebastião, o protetor desta cidade. E venho aqui para dizer que é chegada a hora da mudança. É chegada a hora desta cidade ser maior, se expandir, para o norte e para o sul, sempre à beira do mar. E assim ser independente. Estou aqui para celebrar uma aliança com vocês. E esta aliança vai nos levar à vitória. Enquanto durar a luta, todas as sextas-feiras eu virei para ficar com vocês; e nas segundas voltarei para o meu lugar. Mas enquanto durar a luta, sempre estarei com vocês. E em cada instante...

Nesse preciso momento, um homem, muito transtornado, partiu para cima da profetisa gritando: "Vagabunda! Feiticeira de araque!" E, ato contínuo, enquanto desfiava um rosário de xingamentos e impropérios, desferiu vários golpes de punhal na impactante figura, que, uivando de dor a cada punhalada, acabou caindo, banhada em sangue. Os carregadores do andor sumiram, enquanto o agressor, agarrado pelos seguranças da festa, era impiedosamente justiçado pela multidão, sem que a polícia pudesse evitar o linchamento.

Veio a óbito ali mesmo, ficando o corpo no asfalto da Candelária por horas e horas, à espera do rabecão.

Quanto à apunhalada, foi rapidamente levada para o Hospital Souza Aguiar, onde se dizia, à boca pequena, que era uma atriz performática, contratada para tumultuar o comício, por políticos contrários à causa marista. Verdade ou não, a moça foi logo transferida para o Golden Barra, onde recebeu tratamento premium-ultra-vip, como a poderosa rede Golden de hospitais divulgou, através de matéria paga publicada em todos os jornais no dia seguinte.

O quebra-quebra se espalhou por toda a cidade.

— A mazorca, como um polvo gigantesco — vociferou certo jornal —, estendeu seus braços em todas as direções, chegando a Niterói, e de lá até Campos dos Goytacazes, Espírito Santo, Minas, Vitória da Conquista, indo afinal perturbar a doce paz brasiliense...

O pior era que naquele momento ninguém sabia explicar direito o que estava ocorrendo na cidade. Entretanto, a real motivação para a insurreição do povo, como reação à injustiça e à desigualdade, acabou aparecendo. Mas a sequência de acontecimentos desastrosos foi quebrando o ânimo dos insurgentes:

— Tá na cara que nada vai se resolver, como sempre. O Brasil vai continuar na mesma, como o "país do futuro", da "democracia racial", "onde se plantando tudo dá." E o Rio de Janeiro e o povo, tentando dar a volta por cima, sem jamais conseguir.

Esta era a opinião geral. Mas teve um que conseguiu dar volta: Maurício de Oliveira.

Nosso mestre, herói e ídolo — ainda Cicinho, para os mais íntimos —, em rota paralela à de sua experiência negativa no mundo do samba, conheceu Marinete Alves Campos, sacerdotisa do candomblé, sobrinha *carnal* da legendária Mãe Quitéria de Anchieta.

Pertencente a uma linhagem de fundadores de um dos mais respeitados terreiros da cidade de Cachoeira, no Recôncavo Baiano, morava em Vargem Grande, nos cafundós de Jacarepaguá, mas, na época do carnaval, todo fim de semana era vista nos ensaios da escola de samba Corte Real de Madureira. Num desses dias, num descanso da bateria, o Doutor ofereceu a ela um copo de cerveja. E o papo rolou:

— Já fui casada. Mas agora meu casamento é com o santo. Na época de carnaval, como agora, ainda me divirto um pouquinho, mas durante o ano as obrigações no terreiro tomam todo o meu tempo. E aí, casamento... Já viu, né?

Cicinho tinha a proteção da Vovó Maria Conga. Mas candomblé, ele só conhecia de ouvir falar; e daquela consulta, tempos atrás, com o moço babalaô, que ele nunca soube se era candomblé, também. Mas agora estava diante de uma profunda conhecedora:

— Minha mãe carnal era filha de uma das maiores mães de santo do *jeje* na Bahia. Era conhecida como Gaiáku Dalina; e foi raspada e catulada em 1937.

O Doutor, embora sem entender direito aquele vocabulário enigmático, se encantou pela baiana Marinete. E, *nesse encantamento*, aprendeu muita coisa, como, por exemplo, que o termo *jeje* designa genericamente um dos ramos do candomblé, religião originária da região do golfo de Benin, no oeste africano, trazida para o Brasil por gente dos povos chamados nagôs e pelos *jejes*, seus vizinhos.

— Minha bisavó fez santo já no Brasil, no ramo nagô, mas depois passou pro *jeje*, lá em Cachoeira, no terreiro de Sinhá Abáli. Nesse terreiro, ela aprendeu todo o fundamento da seita. E no Bogum, depois de muitos anos, ela conquistou o cargo de Gaiáku, que quer dizer filha do rei, princesa.

Aquela voz cantada, falando aquelas palavras tão sonoras quanto misteriosas, cativaram o Cicinho, que se enamorou da baiana, com quem noivou e acabou se casando, na Igreja Brasileira, do bispo de Maura, pois Marinete era desquitada. Depois de casados, ao mesmo tempo em que o marido já galgava alguns degraus na carreira judiciária, a baiana ascendia na hierarquia religiosa, até atingir o posto de *doné*, sacerdotisa chefe, na sucursal fluminense do terreiro onde havia se iniciado. Felicidade completa!

O maridão só não gostava muito quando ela — já respeitada como *doné*, mãe de santo da nação *jeje* —, transbordando de carinho, o chamava de *Xinxim*. Porque, na Bahia, xinxim era o nome de um molho gostoso e bonito de se ver, preferido de Oxum, senhora do ouro e dos amores.

O Doutor não gostava muito, mas sorria e ajudava a mulher a alcançar seus objetivos. E o maior que ela acalentava era, junto com sua tia Quitéria, restabelecer os grandes festejos de Iemanjá — que chamava *Afreketé* — em todo o litoral do Rio de Janeiro, e sobretudo em Copacabana, no dia 31 de dezembro:

— Os políticos e o comércio transformaram o maior festejo da nossa religião num mafuá de foguetório e música vagabunda — dizia ela, inconformada com a secularização da festa, antes sagrada, e hoje massificada como simples atração turística. E este era um dos motivos que iriam torná-la uma das vozes mais fortes, erguidas a favor do grande projeto que dali a pouco apaixonaria os cariocas, pró e contra a mirabolante ideia. Da mesma forma que sua doçura, algum tempo atrás, apaixonara o nosso mestre, que veio a ser seu "maridão", seu "xinxim".

9

Dora Casemiro, certamente, foi uma das primeiras pessoas do nosso pequeno mundo a ter computador em casa. E também a navegar na internet. De posse dessas indispensáveis ferramentas, ampliou muito o alcance de suas observações. Foi dela, por exemplo, a interessante análise comparativa feita sobre a questão urbana no Rio e em Brasília. No fundo, para ela, a diferença era apenas logística. A remoção dos favelados da Zona Sul carioca para o norte e o oeste, iniciada alguns anos atrás, não deu certo porque os afastou muito das fontes de trabalho e emprego. E em Brasília, a ocupação desordenada de migrantes foi de certa forma glamurizada com a denominação *cidades satélites*. Para ela, deu certo. Sobretudo do ponto de vista etnorracial. Segundo algumas opiniões, desde a inauguração a cidade nova tinha varrido os pretos e pobres pra debaixo do tapete, e despejado na periferia, ao mesmo tempo em que preservava os funcionários nas superquadras.

— E o poder mesmo ela botou no centro, marrento, engomadinho, de nariz empinado, sem dar bola pra ralé. E digo mais: Brasília é uma África do Sul em miniatura. E sem pretos! — dizia o personagem de uma charge no *Pasquim*, venenoso jornalzinho carioca.

Não sei quem inventou isso. E não concordo com a afirmação. Brasília tem lá os seus defeitos, como todo lugar. Mas também tem muita gente boa e muita coisa bem-feita. Portanto, a generalização é injusta. Ademais, a grande motivação para a revolta popular, como reação à desigualdade, não aparecia claramente. Apenas se esboçava.

O que era verdadeiro, e perigoso, é que os efeitos do maléfico governo de Ilmer Daglione no enclave chamado Bruzundanga ecoaram no Brasil. E, na capital planaltina, causaram um tremendo abalo, sobretudo na Fundação Nacional de Defesa da Cultura Negra, Fundecune, para a qual, num ato claramente provocativo, foi nomeado presidente um incerto Fritz Deutsch, descendente direto de um médico norte-americano que, após a Guerra Civil em seu país, liderou, no interior paulista, um linchamento à moda da famigerada Ku Klux Klan. Mas com a morte de Daglione, e os ares menos pesados, o tal Fritz foi exonerado e substituído pela pós-doutora Dora Casemiro, para felicidade do movimento pelos direitos civis do povo afro-brasileiro.

A solenidade de posse foi no auditório do Centro Cultural Banco do Brasil. Em seu discurso, a respeitada intelectual chamou a atenção dos presentes, inclusive repórteres do *Correio Brasiliense* e de outros órgãos de imprensa, para o seguinte:

> *Que, no Brasil, as mulheres negras sempre foram e continuam sendo mais vitimadas pelo racismo que seus correspondentes masculinos. E que isso é culpa do racismo que estruturou a nossa sociedade desde os tempos coloniais, e ainda permanece vitimando boa parte do nosso povo. Que a culpa disso se deve também ao machismo, que impede as mulheres de desfrutar o que elas mesmas produziram e produzem...*

No final de sua fala, Dora creditou a fundamentação de seu discurso a uma professora amiga sua, presente à solenidade. Sentada em uma das últimas fileiras do auditório, a mestra pôs-se de pé e agradeceu os aplausos que a plateia lhe dirigia.

Dias depois, numa tarde fria, chovendo lá fora, Dora Casemiro recebia, no subsolo onde Brasília alojara a fundação, dois líderes do movimento marista que tinham ido do Rio até lá, de ônibus, por quase mil quilômetros, em busca do apoio da instituição. O gabinete da presidência, em cuja parede se viam os retratos dos antecessores de Dora — entre eles Joel Rufino, Adão Ventura, Carlos Moura, Dulce Pereira e Ubiratan Castro de Araújo —, era simples, mas bem-arrumado. E confortável.

Do ponto de vista político-social, o movimento marista, a bem da verdade, era reacionário e elitista. Separar a cidade carioca do país brasileiro, ainda se compreendia. Mas criar, a partir daí, outro país, todo à beira-mar, era excluir a maior parte da população. E nessa parte, como todo mundo sabe, estão os mais pobres e, certamente, os pretos, pretas, pardos e pardas. Assim, Dora Casemiro, como todas e todos que historicamente lutam contra o racismo brasileiro, posicionava-se contra a ideia. A Fundecune, por ser um órgão paraestatal, não tinha como apoiar. No íntimo, a Presidenta, sempre assim referida, achava a ideia bastante sedutora. Entretanto, foi sincera com os visitantes:

— Falo em meu nome, como mulher negra, educadora e carioca, já que, pelo menos por enquanto, não posso falar em nome da fundação, que é um órgão do governo federal.

— Seu apoio é fundamental, professora.

— O Rio precisa recuperar o prestígio. E colocar o nosso povo no lugar certo. Outro dia mesmo eu estava folheando um livro, lançado no quarto centenário da cidade, e vi lá alguma coisa sobre mestiçagem.

— Assunto polêmico.

— Pois dizia, mais ou menos, que no Império muitos viajantes estrangeiros de passagem pelo Rio elogiavam os mulatos. E isso por conta do talento deles pra pintura, escultura, ourivesaria, essas coisas.

— Sim. Mestre Valentim, Manuel da Cunha Ataíde, Jorge Braz...

— E outro dizia claramente que os homens mais inteligentes que ele tinha conhecido lá descendiam de africanos, alguns até netos de escravos.

— Teve muitos, sim.

— E o mais interessante é que essa mestiçagem não vinha só das ligações de homens brancos com mulheres negras, não! Muitas crianças mulatinhas que ele viu eram filhos de moças brancas com homens negros, que tinham sido criadas em instituições de caridade, depois de passarem pela Roda dos Expostos.

— Como assim?

Um dos interlocutores nunca tinha ouvido falar nessa instituição. E Dora explicou, por alto.

— Era uma roda onde as mulheres que enjeitavam os filhos recém-nascidos "despachavam" os pobrezinhos para casas de caridade, sem serem vistas ou reconhecidas.

Na realidade, a Roda dos Expostos era ao mesmo tempo uma instituição de caridade e um mecanismo cruel. Como instituição, era o meio legal de que as moças que "davam um mau passo", ou suas famílias, dispunham para se desfazer de bebês indesejados, sem revelar suas identidades. Como mecanismo, era uma espécie de cilindro de madeira fixado em muros de asilos ou orfanatos, dispondo de um eixo de rotação: a pessoa lá chegava, acionava o dispositivo, surgia a caixa de depósito, o bebê era colocado nela e, com um simples empurrão, a caixa rodava e o "objeto" já estava lá do outro lado, onde era recolhido para ser criado até o começo de sua vida útil. Durante o escravismo, alguns dos mestiços assim abandonados seriam certamente filhos de sinhazinhas pecadoras.

Um dos maristas recebidos pela presidente da Fundecune se apresentava como membro de uma família remanescente de antigos quilombolas. E pretendia que a fundação aprofundasse seus estudos sobre o assunto, em atenção a fortes indícios da existência de quilombos em plena cidade carioca, nas serras que a envolvem. Dora conhecia o assunto:

— A história do nosso povo, lá no Rio, ainda tem muita coisa pra ser estudada.

— Se a sede da Fundação fosse pra lá...

— Então, é isso. O Rio já teve quilombo até quase no acostamento da avenida Brasil.

Dora brinca com a história. Mas ao mesmo tempo em que faz essa brincadeira, levanta-se, põe os óculos de leitura e se encaminha para a estante de livros que mantém no gabinete:

— Vou mostrar uma coisa pra vocês.

Na estante, procura e acha um livrão de capa dura. Depois pega um mapa enrolado e traz para a mesa de reunião. Abre o livro, desenrola o mapa, conduz sua fala pelo que lê no livro e aponta na *Carta da Cidade do Rio de Janeiro.*

— Vejam aqui: Caminho do Quilombo, serra do Quitungo, Vila Kennedy, Bangu, com início na estrada Guandu do Sena, que começa no lado ímpar da avenida Brasil. — O indicador com as unhas longas e muito bem-feitas vai mostrando as rotas.

— Isso mesmo.

— Agora, aqui, outro caminho com o mesmo nome. Mas é em Jacarepaguá, na localidade da Taquara, subindo na direção da Pedra Grande.

— Impressionante!

— Aqui é o Itanhangá, próximo à Barra da Tijuca, acima da localidade chamada Muzema. Esse é o morro do Quilombo.

— Caramba!

— Vamos agora pra Baía de Guanabara, Ilha do Governador, Praia da Freguesia... Pegamos a Estrada do Pinhão e chegamos à Estrada... do Quilombo, que margeia o morro de mesmo nome e de onde a gente chega à Ponta do Quilombo.

— Desse eu já tinha ouvido falar. E parece que é por isso que a ilha tem um local chamado Zumbi.

A titular da fundação esboça um sorriso irônico e superior. Pois sabia que o vocábulo *nzumbi*, do idioma quicongo, tem nela também o sentido de "lugar onde o caçador espera que a caça apareça". Na mesma expectativa, naquele dia 11 de setembro, o mundo, estarrecido, aguardava notícias sobre os motivos do impressionante atentado.

Mal começara o novo século, os Estados Unidos sofriam um ataque terrorista jamais imaginado. Dois aviões explodiram, ao mesmo tempo, em Nova York, as torres gêmeas do World Trade Center; e, em Washington, uma das alas do Pentágono, centro administrativo das forças armadas estadunidenses, causando 3 mil mortes. Comoção global! Os Estados Unidos, dois meses depois responderam com um ataque ao Afeganistão, onde estaria escondido Bin Laden, o principal inimigo.

Que, porém, só foi encontrado e morto dez anos mais tarde.

No Rio, o terrorismo tinha outra face e outros objetivos. Supostamente insuflados pela Igreja Devocional e aliados, bandidos pés de chinelo destruíam terreiros na Baixada Fluminense, para onde, desde a primeira metade do século XX, o candomblé tinha preferencialmente estabelecido suas "roças".

Mãe Netinha estava muito preocupada com isso:

— Esses crentes não se compreendem, Xinxim. Eles que fiquem lá com a aleluia deles e deixem o nosso axé em paz. Não é mesmo?!

O marido não só concordava, como acrescentou um ponto importante:

— Essa igreja deles não tinha nem sido inaugurada direito e já dava motivo à promulgação da Lei contra a discriminação religiosa. No mesmo ano. Depois teve o caso do bispo que chutou a imagem de Nossa Senhora. E o Tribunal de Justiça pegou no pé deles por formação de quadrilha e lavagem de dinheiro. Eles acham que o candomblé e a umbanda roubam a freguesia deles. Porque o que eles fazem é comércio.

Netinha põe fim à conversa. Sabiamente, como sempre:

— O tolo procura estrume onde o boi não pasta. Já dizia minha Vó Dezinha.

Mãe Netinha sabia o perigo que o terrorismo religioso representava. Os búzios já tinham lhe avisado, por isso mudava de assunto. Mesmo porque a casa, naquele momento, recebia uma visitante que a doce baiana apenas tolerava. Ela sabia, claro, que a antropóloga Dora Casemiro era ex-mulher de seu marido e que, depois de uma separação ruidosa, passado o tempo, voltara a se relacionar com ele, sobretudo por conta de uma evidente dependência intelectual. Que agora, passada a bronca do litígio na 5ª Vara de Família, do escrevente Plínio, a levava até a casa de Netinha e Cicinho em busca da apreciação do douto membro do Ministério Público de avaliação para o trabalho que lhe fora encomendado. Assim, foi para a cozinha orientar a cozinheira sobre a moqueca do almoço.

— E então, Dora? E o filme? — Maurício de Oliveira fazia a pergunta enquanto ia até à copa, de onde voltou com a cerveja gelada e os copos.

Na cozinha, Vanilda, a "secretária", já tinha descascado os camarões, retirado as tripinhas escuras, lavado bem as "crianças", como dizia, temperado com sal, alho e suco de limão. Isto feito, misturou o azeite de dendê com a cebola, a pimenta e o coentro...

— Carrega no coentro e na pimenta, Iá Bassê, que a visita é de cerimônia! — Netinha brincava, disfarçando o desconforto. E chamando Vanilda pelo título da moça na hierarquia do candomblé: "cozinheira-chefe".

O sábado corria meio sem graça. E, desde quinta-feira à noite, como era quase uma praxe oficial, Dora já tinha deixado Brasília para retornar segunda ou terça, quando efetivamente começava a semana. E tinha ido ao encontro do "colega de turma" (nunca "ex-marido") exatamente para conversar sobre um filme. De propaganda.

A antropóloga era também cinéfila. Essa honrosa condição fora conquistada na época da faculdade, com assídua frequência às sessões semanais do Cine Paissandu, no Flamengo, onde foi apresentada a Ingmar Bergman, Agnès Varda, Eisenstein, Buñuel e outros cineastas da vanguarda. O que, entretanto, lhe valeu ser mencionada veladamente entre a diminuta ala feminina de sua turma como a "crioula metida". Mas, verdade se diga: Dora conhecia bastante da então chamada Sétima Arte. Desta forma, quando o comando marista teve a ótima ideia de produzir um filme documentário de conscientização sobre o movimento, seu nome foi logo lembrado.

Na cozinha, Mãe Netinha arrumou os camarões, bem arrumadinhos, na enorme frigideira, jogou por cima os temperos, levou ao fogo brando e mandou que Vanilda cozinhasse sem tapar o recipiente. Dadas as ordens, foi-se trocar, para servir o almoço. Mas antes deixou a recomendação final, à voz velada:

— Quando estiver tudo bem cozido, você prova e vê se está bom de tempero. Depois faz a farofa. Com bastante dendê, minha nega! Que a visita é de axé!

Dora sentia o cheiro que vinha da cozinha. Mas felizmente não ouviu a ordem debochada. Naquele momento ela falava ao procurador Maurício de Oliveira, sobre o convite para fazer o filme, que aceitara, impondo apenas uma condição: assinar a obra com um pseudônimo, *Viola Spencer*, para evitar problemas com o governo federal, ao qual afinal servia. Aceita a exigência, em pouco mais de um mês estava pronto o roteiro.

A cerveja de Dora era com pouca espuma. O procurador, embora achasse uma incoerência, não hesitou em servir. Assim, depois do brinde protocolar, examinou o volume caprichosamente encadernado, que a colega lhe entregara, elogiando a ótima apresentação do roteiro e observando: "Roteiro em inglês se diz *scenario*. E tem gente aqui, metida a cineasta, que traduz errado."

O título original era *Valsa de uma cidade*. Mas esse já era o nome de uma célebre canção de Antonio Maria e Ismael Neto, gravada pelo fabuloso quarteto vocal Os Cariocas, dez anos antes do quarto centenário. Então ficou *A valsa da cidade*, um filme, digamos, medíocre. Vejamos:

A VALSA DA CIDADE
Filme documentário dramatizado

SEQUÊNCIA 1 — EXT — PANORÂMICA DA BAÍA DE GUANABARA VISTA DO MIRANTE DONA MARTA

BG — TRILHA INSTRUMENTAL — BOSSA NOVA

CÂMERA SEGUE PELO ATERRO DO FLAMENGO, AVENIDA BEIRA-MAR ATÉ A ESPLANADA DO CASTELO

BG — FADE OUT

NARRAÇÃO EM OFF

Cidade Maravilhosa! Dos velhos tempos coloniais, faz-se hoje o futuro. Com o eterno bom humor que a República saudou... No final do século XVI o Brasil foi dividido em dois governos: um do norte, com sede na Bahia, e outro do sul, tendo o Rio como capital. E isto porque, naquela época, o Brasil já era importante demais para ser governado por um homem só. O governo do norte cuidava do Pará até Porto Seguro; e o nosso, do Espírito Santo até o arroio Chuí, lá embaixo. Isso durou até o século XVIII, quando o comando foi unificado e o Rio passou a ser uma capital — a única no país até então — governada por um vice-rei.

TRAVELING — AV. PRESIDENTE ANTÔNIO CARLOS — RUA SETE DE SETEMBRO — LARGO DA CARIOCA — TIRADENTES — FREI CANECA — ESTÁCIO

SOM: BOSSA NOVA FUNDE COM BATERIA DO SALGUEIRO, FURIOSA

Dora Casemiro gostava de cinema. Mas o roteiro que escreveu não a credenciava como cineasta. O argumento era óbvio: a beleza da cidade e seu inegável protagonismo na história da nação brasileira, desde que, sucedeu a cidade de São Salvador da Bahia, como capital, com o advento do Ciclo do Ouro nas Minas Gerais. Mas a estruturação das sequências era meio atabalhoada, como seu ex-marido, mesmo sem dizer nada, percebeu de cara. Ele sabia que um roteiro, como disse Pasolini, deve ser uma obra completa, pronta e acabada em si mesma. E o desse *A valsa da cidade* era só um amontoado de clichês, de estereótipos sobre a Cidade Maravilhosa, que Maurício lia, aos bocejos, prelibando a esplêndida moqueca de camarão, rebatendo a *Weiss Export,* de Juiz de Fora, estupidamente gelada.

NARRAÇÃO EM OFF

... O vice-reinado durou até a chegada da família real portuguesa, bem no início do século XIX. E a cidade passou de capital do Brasil Colônia a capital do Reino Unido de Portugal, Brasil e Algarves.

SOBE BATERIA

NARRAÇÃO EM OFF

Mas mesmo antes disso, a cidade já era importante. Em 1648, Salvador Correia de Sá, o governador-geral, saía do Rio para libertar Angola do domínio holandês. Sim!

Salvador Correia de Sá, o mesmo que deu nome a esta rua, no bairro do Estácio, que também era de Sá.

CÂMARA FECHA NA AVENIDA

LOCUTOR:
E deu samba! Nota Dez!!!

Dora defendia o roteiro mostrando que ele sugeria uma série de imagens, fixas ou em movimento, de clássicos postais da paisagem turística do Rio. Material facilmente encontrável em arquivos como o da prefeitura carioca, produzidos por artistas como Marc Ferrez e Augusto Malta, e os do inesgotável Canal 100. Além de registros fonográficos das épocas mostradas, certamente encontráveis no Museu da Imagem e do Som. As cenas teatralizadas seriam interpretadas por atores e atrizes desconhecidos do grande público, para que seu desempenho não provocasse "ruído" na mensagem comunicada pelo filme.

Mas era um filme de propaganda política. Seu objetivo era persuadir, convencer. E para tanto deveria obedecer a certos padrões como: simplificação da mensagem, transmitida de forma condensada; utilização de reivindicações sociais; capacidade de estabelecer empatia entre o objetivo e o público, a *massa*, enfim. E Dora Casemiro — seu ex-marido sabia muito bem — gostava de filmes, mas não dominava a linguagem cinematográfica.

SEQUÊNCIA 4 — EXT — FLORESTA DA TIJUCA
IMAGENS AÉREAS DA FLORESTA

NARRAÇÃO EM OFF

Outro dos pontos turísticos mais apreciados da cidade, a bucólica floresta da Tijuca é, na verdade, uma criação artificial, plantada na década de 1860 pelas mãos de um pequeno grupo de trabalhadores escravizados do Império.

IMAGENS DE ARQUIVO — TRABALHADORES NEGROS PLANTANDO MUDAS

Chamavam-se Constantino, Eleutério, Leopoldo, Manuel, Mateus e Maria, e foram orientados por um fazendeiro em Campo Grande, major da Guarda Nacional. Milhões de mudas foram coletadas nas matas de Guaratiba, semeadas em viveiros e plantadas ao longo de mais de vinte quilômetros. Graças a esse trabalho, é hoje considerada a maior floresta urbana do mundo.

PAISAGEM DENTRO DA FLORESTA
TRILHA SUAVE FUNDE COM MÚSICA ATERRORIZANTE
CENÁRIO APOCALÍPTICO
CARTELA: FIM
SOBEM CRÉDITOS FINAIS

VOZ EM OFF, TOM FANTASMAGÓRICO

Vi a besta e os reis da terra com os exércitos reunidos para fazerem guerra àquele que montava o cavalo e seu exército. Ambos foram lançados vivos no vale de enxofre ardente. Os demais foram mortos pela espada que saía da boca daquele que montava o cavalo, e todas as aves se fartaram de suas carnes.

CORO TIPO JOGRAL ENTOA EM OFF O GRITO DE GUERRA DA REVOLUÇÃO MARISTA: BASTA DE BRASÍLIA! NOVO RIO JÁ! BASTA DE BRASÍLIA! NOVO RIO JÁ!

FADE OUT
FIM

Na cartela final, Mãe Netinha, não aguentando mais, entrou em cena:

— Oxente! Vamos almoçar que a moqueca vai esfriar. E comida fria é pior que capoeira sem berimbau.

Nosso procurador deu toda a razão à mulher. E foi até a geladeira buscar mais uma garrafa da *Weiss*, estupidamente esfriada. Que Dora rejeitou, da mesma forma que a moqueca de camarões, alegando estar atrasada para um outro compromisso.

Não obstante, dias depois, o filme de Viola Spencer, premiada cineasta afro-americana, foi aprovado pelo comando marista, por unanimidade. Dora Casemiro ficou feliz, sobretudo porque a obra era uma homenagem à falecida ex-sogra, que via como uma segunda mãe. E cujas recordações foram a base do roteiro. Este fato desagradou ainda mais ao nosso procurador, que não gostou de ver a memória de sua genitora envolvida naquele movimento mal-intencionado. Entretanto, por sorte sua, o filme foi produzido, mas jamais teve sequer uma exibição pública.

Dona Dina Amaro de Oliveira tinha muito orgulho em dizer que nascera e fora criada em Santa Teresa, bairro tradicional da cidade e um dos caminhos para se chegar ao Cristo Redentor, no Corcovado. E ela sabia, pois seus pais lhe contaram, que em 1881 dois engenheiros, um deles Pereira Passos, mais tarde prefeito, requereram concessão para criar e explorar uma estrada de ferro de acesso ao Corcovado, partindo do Cosme Velho. Três anos depois a linha, com quase quatro quilômetros, era inaugurada. E, logo adiante, tendo como concessionária a poderosa Light and Power, empresa britânica muito conhecida dos cariocas, seus veículos ganhavam tração elétrica. Também se pode chegar a Santa Teresa pelo bondinho que sai do Largo da Carioca e atravessa o Viaduto dos Arcos. Antes do fim da linha passa-se pelo Silvestre, antigo lugar de repouso, que também dá acesso à Floresta da Tijuca. E Santa Teresa tem também o morro dos Prazeres. Que no tempo de dona Dina não era nada do que é hoje.

— Agora é um bairro só pra turista — diz uma jovem estudante de Ciências Sociais. — O morador, mesmo, como eu, sofre um bocado. Até o bondinho, hoje é só um enfeite escangalhado, porque a gente não pode contar com ele. E isso, os modernos chamam gentrificação, sinônimo de revitalização urbana.

Para as filmagens, o comando marista contratou uma conceituada firma produtora carioca. A equipe, como é de praxe, registrou o cotidiano dos trabalhos, inclusive gravando algumas conversas paralelas. Alguns desses registros foram feitos por uma pessoa que acompanhou algumas sessões, e cujo nome, não sendo importante para esta história, segue aqui escrito apenas como "Amiga".

— Tudo aquilo lá era mata fechada e ninguém entrava lá dentro. Tinha muita cobra, muito bicho brabo e até assombração. Mas era bonita, a mata verdinha. E o ventinho fresco que vinha lá de cima?! Era uma beleza... — assim disse a voz gravada de um senhor bem idoso, que a equipe encontrou no pé da serra da Carioca e tomou como guia. — A ocupação aqui começou por volta de 1940, quando chegaram os primeiros moradores. — O guia, improvisado, não tinha muita certeza de nada. — Não sei dizer de onde vieram, mas foram se espalhando por aqui e subindo até lá em cima, como vocês podem ver pela escada.

O nome da localidade, disse ele, era uma homenagem a certa madre Maria dos Prazeres, irmã de caridade que ajudava os migrantes que iam chegando, em busca de vida melhor. Pelo menos é o que se vê de lá de cima: o Cristo Redentor, o Pão de Açúcar e toda a Baía de Guanabara.

— Pode haver melhor? — perguntava o guia.

Dias depois, deu no jornal que dois turistas, perdidos, acabaram entrando por engano no morro dos Prazeres e um deles foi morto por traficantes armados. Antes já tinha havido coisa parecida com uma turista francesa. Mal orientada pelo GPS do carro, ela entrou sem querer na favela e foi baleada, talvez pelos mesmos malfeitores.

Nas décadas seguintes ao início da ocupação do morro a população das favelas cariocas foi dobrando, para chegar até algo em torno de 350 mil pessoas. Nesse ambiente, que antecedia o golpe militar, a questão urbana e o problema das moradias populares já estavam no centro dos debates políticos. Mas o golpe foi tramado e vingou. Então, de um lado ficaram aqueles que pretendiam a derrubada dos barracos e a remoção dos moradores para os subúrbios distantes e a zona rural, e do outro os que desejavam a transformação das favelas em bairros, com a reabilitação dos moradores. Mas os maiores desses núcleos ficavam em áreas muito valorizadas. Então, adotou-se a primeira alternativa. Mas aos poucos, ao longo do tempo, as favelas que escaparam à derrubada geral foram crescendo mais ainda e dando "filhotes", como Pavão e Pavãozinho, Jacaré e Jacarezinho etc.

Se voltasse à vida, seu Quincas, o pai do Cicinho, não ia gostar nada do que passamos a ver por aqui. Porque as coisas mudaram muito. E, agora, a cada evocação, a cada rememoração, a cada lembrança, crescia mais um pouco, fermentando o bolo da insurgência. Mas deixa pra lá! Vamos em frente!

— Aquela parte lá embaixo, está vendo? É um aterro. E como a gente pode ver, é bem perto do bairro imperial. Pois aquilo tudo ali, que ninguém sabe exatamente o que significa, já foi um loteamento muito bem planejado.

Na segunda metade do século XIX, a Empresa Industrial de Melhoramentos do Brasil aterrava o trecho de mar entre a praia Formosa e o Caju, próximo à Quinta da Boa Vista; e o aterro abrigou o loteamento chamado Vila Guarani. Criado como parte do que seria uma cidade operária, com diversas opções de recreação e intensa programação festiva, o bairro foi, por algum tempo, uma atração. Sobretudo para boa parte da baixa classe média da época, o contingente dos que então se conhecia como *remediados*.

Segundo a Amiga, o guia não conheceu a Vila Guarani, mas ouviu falar muito do lugar:

— Todo mundo elogiava, dizia maravilhas. Mas o lugar foi engolido pelo Cais do Porto e pelo Caju, que acabou se tornando uma das localidades mais tristes e desamparadas do Rio — contava ele.

Outros projetos mais duradouros surgiram a partir dos anos 1920, após o desmonte do morro do Castelo e a erradicação dos cortiços, tipo de moradia realmente degradante. A administração municipal, de forma elitista, afastou as populações de baixa renda do centro da cidade, mas buscando agir com civilidade, sem truculência. Nascia aí, além de outros projetos, a iniciativa de construção de outras vilas operárias, como foram a Vila Cosmos, na estação de Vicente de Carvalho, e a Vila

Valqueire, próxima ao bairro Campinho etc. Tinham ruas bem traçadas, casas modestas mas confortáveis, vendidas para serem pagas em prestações que às vezes se estendiam por quinze anos. Nosso colega Francisco de Paula Assis, o Chicão, morto no Araguaia, foi criado na Vila da Penha, em uma casa desse tipo.

Então, a gente vê que a ideia de uma cidade onde todos pudessem morar em habitações confortáveis e dignas sempre esteve presente. Mas nem Brasília resolveu isso. E por razões que a gente não sabe ao certo quais são, mas pode imaginar.

— Favela sempre foi sinônimo de maconha e cocaína.

Essa afirmação infeliz veio da boca de um homem mal-encarado e mal-educado que se achou no direito de entrar na conversa da equipe de filmagem do documentário, num bar na rua do Riachuelo. E a Amiga, conforme me contou, foi obrigada a replicar:

— Você ouviu o galo cantar e não sabe onde, meu chapa! Antigamente, no tempo do teu avô, cocaína era vendida em farmácia, rapaz! Era remédio. Os bacanas é que começaram a usar por esporte, pra sentir prazer.

O cara ainda quis discutir:

— Eu estou falando de favela.

Mas a Amiga não fez por menos:

— Na favela, a maioria é de trabalhador, rapaz! E bandido tem em todo lugar.

Moça esclarecida e estudiosa, ela sabia que o uso de plantas ou substâncias que alteram a percepção e a consciência humanas é muito antigo. E que no Rio da chamada Belle Époque, nos anos de 1920, como disse àquele mal-educado, a cocaína era vendida nas farmácias. E o uso da maconha era mais antigo ainda, pois veio da África, chegou aos engenhos, no tempo da escravidão, e como consequência chegou às favelas.

— E se você quer saber, meu camarada, vou te dizer mais: fumar maconha era até uma distração inocente. Virou problema depois da Segunda Guerra, quando vender começou a dar dinheiro. E a diamba passou a ser mercadoria exportada, enquanto a cocaína vinha de fora. Hoje, o tráfico das duas é parte de redes internacionais, nas quais as bocas das favelas são apenas a minúscula parte de um grande iceberg.

Sem querer, a Amiga acabou fazendo um eloquente discurso. E se empolgou tanto que, quando viu, o cara mal-educado, mal-informado, malvestido e feio já tinha saído fora, talvez achando que ela era da Polícia Federal. E foi mesmo bom encerrar a conversa. Porque logo, paga a despesa e a equipe já na van, o motorista ligou o rádio, sintonizado na Patrulha da Cidade... E o assunto não era dos mais agradáveis:

Atenção! A Polícia Civil está realizando neste momento uma grande operação, no morro dos Prazeres em Santa Teresa. O helicóptero da polícia já sobrevoou a área e veículos blindados são apoio à ação no solo. A ação é conduzida pela Core, Coordenadoria de Recursos Especiais e delegacias especializadas. Dois menores já foram apreendidos. As primeiras informações dão conta de que a operação tem como objetivo apreender o arsenal de traficantes que fugiram da Rocinha. As Forças Armadas deixaram a comunidade na sexta-feira, uma semana depois de ocuparem a região. As forças federais foram acionadas após o início de uma disputa pelo controle do tráfico de drogas na área.

Morro dos Prazeres, triste ironia! Mas, infelizmente, esta era e ainda é uma realidade mundial. E naquele momento, as diferenças entre Rio e Brasília, se é que havia, estariam, pelo que se dizia, mais no perfil tanto de consumidores quanto de fornecedores.

10

Segundo algumas fontes, a escolha do Rio como sede do grande evento internacional das olimpíadas foi a primeira grande vitória dos maristas. Conquistada, como depois se disse, por meio de jogadas não muito olímpicas, nem republicanas, e muito menos platônicas, mesmo assim o acontecimento recolocou o Rio no pódio. Isso não foi dito pelo doutor Cicinho, então peço licença pra incluir a explicação.

República, segundo Platão, o filósofo grego, seria uma sociedade utópica, dirigida por uma elite educada, desde criança, para governar. Os cidadãos comuns teriam, como único dever, o de usar suas habilidades e possibilidades em benefício da sociedade como um todo. Não tinha nada a ver com democracia. Mas os líderes maristas entenderam diferente e o manifesto da revolta dizia o seguinte:

Com a mudança da capital para Brasília, o Rio de Janeiro começou a perder o protagonismo de que tanto se orgulhava. E o povo foi aos poucos incorporando o sentimento de inferioridade. Seus representantes no Congresso, contaminados pelo clima vigente, diziam preocupar-se mais com as questões macro, em vez de defenderem o ideário carioca, da cidade de São Sebastião. Que não é o mesmo da antiga província fluminense; esta, sim, identificada com os interesses discutidos na capital da República.

Resumindo: a transferência da capital tinha feito renascer, no Rio, a ideia separatista, de secessão, de desligamento da Federação, para criação de um novo país, independente daquele velho Brasil — liberto de Portugal, porém cada vez mais acorrentado aos ditames dos monopólios capitalistas, escravo das grandes corporações transnacionais. Triste posição para uma entidade, mais que uma cidade, que já fora assim descrita de modo poético. *"Essa cidade sempre é encantadora: com milhões de estrelas e luzes à noite, com suas cores claras e ardentes, quentes e explosivas de dia, no crepúsculo com sua leve névoa e o jogo das nuvens, em sua umidade perfumada e seus aguaceiros tropicais. Quanto mais a conhecemos, mais a amamos, mas, quanto mais a amamos, menos capazes somos de descrevê-la."* O austríaco Stefan Zweig estava coberto de razão.

A banda podre de Brasília achou ótimo manter o Rio rebaixado. E deu força a manobras que acabaram por levar as cúpulas dos governos, do Estado do Rio e da Cidade carioca, a um mar diferente daquele da utopia marista: um oceano pantanoso, onde a louca revolta insistia em surfar. Já os chamados *poderes paralelos*, esses divergiram entre si: aqueles cuja ação se baseava no domínio de territórios específicos foram contra; e os que viram na revolta a perspectiva de expansão ilimitada de seus negócios, com a abertura de novos pontos de venda, ficaram a favor. Tudo isso, enquanto uma espécie de reencarnação ou encosto do bruzundanga Ilmer Daglione assumia o governo da antiplatônica República.

As reuniões de preparação da insurreição foram sempre realizadas em lugares distantes e diversificados, aos quais os participantes eram levados com vendas ou encapuzados, de modo que não pudessem identificar onde estavam. Nelas, discutiam-se estratégias de ataque e defesa, com recuos e avanços táticos pormenorizadamente debatidos. Um velho militar reformado dirigia essa parte, digamos assim, mais teórica. Depois dela, porém, os presentes às reuniões repetiam, em longos diálogos, de modo exaustivo, para que jamais esquecessem ou deles se desviassem, os reais motivos e objetivos que iriam perpetrar. "O Rio de Janeiro é a eterna capital; Brasília é apenas mais um nome no jornal."

A Amiga esteve presente em uma dessas reuniões. Da qual o único fato digno de nota, conforme seu relato escrito, foi o seguinte:

Os ânimos já estavam exaltados e ninguém se entendia. De repente, faltou energia e a sala ficou no escuro, o que alguns interpretaram como sabotagem. Mas, em seguida, começaram a cair das paredes, com grande estardalhaço, flâmulas, troféus — a reunião era num clube suburbano —, além de uma imagem de São Jorge, do alto de um nicho num canto da sala, junto com a vela de sete dias e o jarro com flores vermelhas. Tudo isso acompanhado do uivo aterrador de um redemoinho, tão forte quanto inexplicável, que parecia varrer o mundo. E dentro do vento, a voz inconfundível, o sotaque ítalo-caipira, agora ainda mais agressivo, e demoníaco, bradou: VÃO SE FUDER, SEUS FILHA DA PUTA!!!

Nossa ialorixá, Mãe Netinha, quando soube desse terrível acontecimento, explicou ao marido:

— Esse homem era muito ruim, Xinxim! Tinha muito ódio do Brasil. Por tudo o que o país tem de bom. E o egum dele — ou vumbe, como se diz no angola, ou quiumba, como dizem na quimbanda — não se conforma de ficar nas trevas onde está. Enquanto alguém não der um jeito nisso, ainda vai perturbar muito. E vai atrapalhar o caminho de muita gente. Mas, que ninguém me peça pra mexer com isso. Não quero nem saber desses Daglione, Canelone, Brancaleone... Eles que são brancos que se entendam!

Mas tudo se consertou. E na reunião seguinte, a Amiga prestou mais atenção no cara que puxava o canto. Reparou que ele, meio relaxado e fora de moda, usava rabo de cavalo e vestia uma camisa da seleção canarinho, já bem surrada. Quando li essa informação, alonguei o pensamento e cheguei lá atrás, no Colégio Barão do Rio Negro, onde Cicinho estudou. E não deu outra. Era o Epiceno, aquele que tinha horror a arma de fogo.

Assim, enquanto se preparavam os últimos detalhes, o comitê revolucionário justificava, com dados históricos, os motivos que fizeram a ideia chegar até ali.

Em 1567, a cidade de São Sebastião foi transferida da várzea, entre o morro do Pão de Açúcar e o da Cara de Cão, para o morro do Castelo. Mais tarde, separada da capitania de São Vicente, a Sebastianópolis tornou-se o núcleo dirigente da nova capitania daí surgida. Na década de 1570 o povoado foi a capital do governo do Sul do Brasil, sendo São Salvador, a do norte. Em 1763 tornou-se capital geral da colônia do Brasil, o que foi até o advento da República, agora como Distrito Federal. Com a criação de Brasília, seu território passou a sediar o estado da Guanabara, o qual, em 1975, fundiu-se com o estado do Rio de Janeiro, para a cidade ser novamente capital. E este sempre foi seu destino!

O planejamento da insurreição incluía o curso "Conscientização sobre a cultura carioca", referido em código pela sigla CCC. Tinha por objetivo principal acender ou revigorar, nos partidários da causa, o entusiasmo pelo pujante e multifacetado patrimônio cultural *se-*

bastianopolitano, como dizia a mestra jubilada Etiópia de Oliveira Houston. E a grade curricular, como ela escreveu na lousa, abrangia História, Música e Dança, Artes e Audiovisuais, Atrações Turísticas, Linguagem e Esportes. Na grade de História, o programa era centrado nos mais heroicos e relevantes fatos e eventos ocorridos nas águas litorâneas, como: descobrimento da baía de Guanabara, que os portugueses pensavam ser a foz de um rio (1502); Confederação dos Tamoios (1554-1567); Revolta da Armada (1893-1894); Ciclo do Remo e da Regata (1894-1898, fundação dos clubes de regata Botafogo, Flamengo e Vasco da Gama); Revolta da Chibata (1910); fusão de três agremiações do samba, no bairro da Tijuca, para criação dos Acadêmicos do Salgueiro (1953) etc.

No ideário do movimento, um dos aspectos mais cativantes e motivadores era o seu alegado caráter filosófico e humanista. No fundo, seu único objetivo — os pedantes diziam *escopo* — era trazer de volta à cidade o encanto, o *savoir vivre*, o gosto pela vida, o estilo despojado sempre característico de seus habitantes nativos ou adotivos, homens, mulheres, velhos, moços e crianças; e com eles a malandragem honesta, a malícia, o jogo de cintura, o jeitinho. Sem maldade. De forma que a guerra era mais uma farra, na qual, por graça de São Sebastião, São Jorge, os orixás e os caboclos, não haveria mortes nem derramamento de sangue.

Assim pensavam todas as lideranças, aliás, quase todas, porque no fundo, bem lá no fundinho, os patrocinadores queriam mesmo era levantar e governar uma mistura de Las Vegas com Cancún — que batucada, hein?! — com centenas de quilômetros de marinas, roletas, panos verdes, caça-níqueis, *jukeboxes*, shows de mulatas, *resorts*, boates, cabarés, restaurantes... E muita sacanagem!

A maior parte do comando marista não fazia a mínima ideia disso. E lá em cima, no Planalto, também se pensava diferente. Mesmo porque, com apenas três anos de fundada, Brasília conhecera sua primeira sublevação militar.

Mal se iniciava a década de 1960 quando uns quinhentos sargentos insubordinados, protestando contra decisão do Poder Judiciário que lhes negava o direito a participar das eleições, rebelaram-se para valer. Após o motim, o governo federal anistiou os revoltosos, provocando a reação que levou ao Golpe. Agora, algumas décadas passadas, Brasília estaria prestes a enfrentar uma nova insurreição.

Tudo no lugar, o Legislativo legislando e o Executivo executando, os senadores e deputados já chegavam para a sessão extraordinária convocada. No final de dezembro o governo já estava informado do movimento insurrecional que eclodia no Rio de Janeiro e por isso colocara as Forças Armadas de prontidão e o Batalhão de Guardas cercando a Praça dos Três Poderes. Segundo as informações que vinham do Rio, o objetivo do levante era a volta — mais uma — do Rio de Janeiro à condição de capital, quase seis décadas depois da inauguração de Brasília.

Do ponto de vista ideológico, digamos assim, na linha de frente governista, *defendendo as instituições*, estava o pastor Elias Malaquias, que, na verdade, não seguia nenhuma ideologia ou orientação política. Apenas pensava na relevância, para a Igreja Devocional, de aumentar cada vez mais os seus rebanhos e, assim, acumular dinheiro, bens e influência. Em época de eleições, ele impunha aos fiéis nomes de candidatos indicados por seus superiores. E, agora, ante a iminência de uma rebelião de consequências imprevisíveis, não hesitava em buscar efetivos até mesmo entre notórios malfeitores:

— Pois é isso, Ferrinho: você dá uma dura nesses caras e o ministério fortalece a tua firma.

— Fortalece como, pastor? Com ferramenta?

— Com tudo, meu garoto. O batalhão já está fechado com a igreja

— Aleluia, pastor! Assim dá pra gente chegar no acordo.

— Só tem uma coisa, irmão Ferrinho.

— Qualé?

— Você tem que aceitar o Senhor.

— Eu sempre aceitei, pastor.

— Mas tem que batizar e ungir. Pra todo mundo ver.

— Ah! Mas nesse Guandu aí, não! Aí é brabo.

— A gente faz no mar. No Recreio...

Para Ferrinho, o batismo nas águas funcionava como um atestado de bons antecedentes, apagando a enorme folha penal, na qual aparecia envolvido em diversas modalidades delituosas. Era um rapaz sereno e tinha alguma escolaridade. Cursara todo o segundo grau, militara no movimento estudantil, e sempre tivera uma grande dúvida que talvez agora pudesse ser respondida. Então, agradeceu. Mas antes de se despedir perguntou ao pastor se podia submeter a ele sua dúvida. Devidamente autorizado, verbalizou a indagação:

— Seguinte, pastor: Jesus Cristo era de esquerda ou de direita?

O esperto Malaquias bambeou, mas se recuperou e respondeu:

— Claro que era de direita, irmão Ferrinho.

Mas o jovem bandido rebateu, na lata:

— Peraí, pastor. Eu não concordo, não. Sabe por quê? Primeiro, porque a direita só dá força pros bacanas, pras elites; e Jesus fortalecia os pobres, os caídos; e até mesmo seus apóstolos era tudo trabalhador: pescador, pedreiro, carpinteiro...

O pastor ainda tentou contra-argumentar:

— Mas os patrões dos trabalhadores também são filhos de Deus.

— Mas esses só veem o lado deles. E Jesus disse que era difícil um rico entrar no reino do Senhor.

O missionário não se rendia:

— O mundo sempre teve reis e súditos, os que mandam e os que obedecem.

Ferrinho, porém, tinha a lição na ponta da língua:

— Pra Jesus não tinha esse negócio de classe e posição social, e o senhor sabe disso. Todos eram iguais. Ele ensinou o amor ao próximo. E por isso foi preso, crucificado e considerado agitador e subversivo. Então ele era de esquerda, pastor. Me desculpe, mas esta é que é a verdade que nos libertará. A esquerda é o coletivo e a direita é o individual.

O pastor deu essa batalha por perdida. E concordou, meio sem-graça. Mas segundo aprendera no curso de teologia, o Rio de Janeiro, como toda cidade costeira e todo país insular, era uma fortaleza habitada por demônios marinhos. Tanto que citava, em seus sermões, diversas passagens bíblicas que continham essa teoria assustadora. Que agora rememorava:

— Os filisteus eram eternos inimigos de Israel. O país deles ficava na beira do mar. E por isso eles adoravam Dagom, que pra ele era o deus dos peixes! Deus falso, porque peixe não ora nem adora!

— Aleluia!!!

— Os filisteus eram dominados por espíritos do mar. Como são todos os povos que vivem em beira de praia. E, nós, missionários e obreiros, temos em nossas mãos, pra derrotar esses espíritos, a unção de guerra de Davi.

— Aleluia!!!

— Sídon era uma cidade portuária, na beira do mar. Era também uma cidade controlada por espíritos marinhos. Jezebel, filha do rei dos sidônios, levou a adoração de Baal pra Israel. E ela era possuída por espíritos marinhos. Da mesma forma que o pescador usa sua rede pra capturar criaturas do mar, nós usaremos nossas orações pra capturar os espíritos marinhos das praias do Rio de Janeiro. E assim nós vamos impedi-los de realizar seus planos *destrutivos*.

— Aleluia!!!

O pastor Elias Malaquias falava bem, mas errava um pouquinho na pronúncia das palavras. Entretanto, era bem informado sobre as reais intenções de seus superiores. Nelas, o ponto crucial do que se conhecia como a questão religiosa, segundo importantes analistas, era a transformação ou não do país em um Estado governado "por Deus". Mas a essência dessa divindade suscitava dúvidas entre os próprios religiosos, fossem eles cristãos protestantes, católicos, ortodoxos, coptas etc. Era aquele deus clássico, carrancudo e vingativo? Ou era aquele compassivo, misericordioso e caridoso, que expulsara os vendilhões do tempo e dizia que os ricos não tinham entrada no reino dos céus? Segundo alguns, o deus dos superiores do pastor Malaquias era certo Pedro Botelho, misteriosa criatura que quase ninguém sabia quem era, como era, nem onde morava.

— Pedro Botelho já manda no Brasil desde o governo de Ilmer Daglione, na Bruzundanga. Já tem maioria no Congresso. E o que ele quer agora é botar a estrutura judiciária do país ao seu jeito.

Assim falava uma bela comentarista de política do canal GWN, Godspell World News. No que era secundada pelo diálogo certeiro de dois músicos sertanejos universitários, no bar Feitiço Mineiro, na Asa Norte. Eles sabiam que o mencionado *Pedro Botelho* era, na linguagem dos violeiros, nada menos que o *cuisaruim*, o *capiroto*, o *demo*.

— Pô, já pensou? A gente vai viver na República Teledevocional do Botelho?

— Isso mesmo, cara! Não tem a República Islâmica da Mauritânia, a República Islâmica do Irã, o Reino Hachemita da Jordânia?

— Hachemita? O que que é isso?

— É o nome de uma dinastia muçulmana.

— E dinastia?

— Dinastia é governo que passa de pai pra filho.

— Ah, sei... Agora entendi!

Segundo alguns analistas, naquele momento, por baixo do pavilhão marista, correndo paralela à rota Las Vegas-Cancún, o que realmente havia era uma trama intrincada, armada para fazer do país uma república religiosa fundamentalista. Outros diziam que os *devocionais* ou *devocionistas* estavam muito divididos, cada um querendo sua parte na arca do tesouro. Mas para todos era importante botar gente deles na Corte Suprema, mesmo quem não soubesse a diferença entre governo, estado e nação. E a Insurreição Marista, se acontecesse, iria atrapalhar um bocado esse plano. Mas ela, coitada, também já abrigava em seu seio muitas rivalidades, algum divisionismo e algumas desistências. Como a do Vevé da Vila.

No Rio, o pobre instrumentista, insistindo em seu projeto, encontrou resistência também por parte da Pirâmide de Radamés, uma entidade criada por jovens músicos maristas. O argumento dos rapazes era que o falecido Pau Queimado, que Vevé pretendia homenagear, não sabia ler música e só tocava de ouvido.

— Mas tocava pra cacete, moçada! Com uma agilidade espantosa e um ritmo infernal, formidável, demoníaco. Ele foi aluno do grande Moleque Diabo, astro da jazz-band do Batalhão Naval. Vocês sabem quem foi esse? Tocou banjo até pro rei Alberto da Bélgica, que esteve aqui em 1927.

Os rapazes eram radicais, ortodoxos. Vai daí que, não conseguindo nenhum tipo de apoio ou patrocínio para o seu projeto, Vevé largou o marismo pra lá.

— Cambada de otários! Não entendem nada de música! Como é que querem fazer revolução? Vai ver que nem conhecem a Marselhesa.

E foi embora pra Paquetá, na barca das cinco, assoviando a vibrante melodia de Rouget de Lisle.

Na semana seguinte, mesmo sem passaporte, já estava o cavaquinista na Bruzundanga, onde, segundo dizia, os músicos eram mais reconhecidos. Inclusive ele tinha lá um tio, que era autor do hino do país; e que, de simples mestre de banda, passara à condição de presidente vitalício da Ordem Nacional dos Músicos, cargo que lhe garantia um gordo percentual sobre todas as execuções musicais em ambientes de frequência pública, exceto templos devocionais e estabelecimentos hoteleiros.

Outra desistência importante foi a de dona Etiópia de Oliveira. Pragmática, a mestra de todos nós, filosoficamente, vislumbrara que o movimento separatista era uma utopia, sem a mínima condição de dar certo. Depois de muito meditar, chegara à conclusão de que a velha profecia do Conselheiro de Canudos, com o sertão virando mar e o mar virando sertão, era só literatura. E qualquer que fosse a denominação do movimento, de intentona a insurreição, nada ia além de uma disputa por poderes e privilégios:

— No fundo é a Guerra dos Pês — poder, privilégios, políticos, pastores, pistoleiros, praianinhas, pinguços, pilantras, porra!!! — sentenciou a sábia senhora, já refugiada em sua casa de Santanésia, bucólico distrito do município fluminense de Piraí, onde cuidava de um bando de quatis, como se fossem seus filhos.

Algum tempo depois, cumpridas as diversas etapas de organização do levante, tais como aquisição e armazenamento de armas e munição, além de aprovisionamento de gêneros alimentícios, confecção de uniformes, alistamento e treinamento dos voluntários, elaboração do plano estratégico e outras providências, o capitão Inaldo Aragão foi aclamado comandante em chefe do movimento. Militar reformado que aliava grande experiência em logística e bons motivos e objetivos, era o homem ideal para levar a cabo os objetivos do movimento.

A bem da verdade, os objetivos não eram tão claros como deveriam ser. Para alguns, o problema central do Rio era a favelização, sobretudo na Zona Sul. E esses se abriram em duas frentes: a dos que ansiavam — revivendo os *anos dourados* de 1960 — botar abaixo, na marra, todas as favelas urbanas, removendo os moradores para os subúrbios e periferias; e a daqueles que sonhavam com urbanização, reabilitação e transformação de todas as favelas em bairros planejados.

Segundo alguns argumentos contrários, a venda de drogas já existia nas favelas havia muito tempo, com o tráfico de maconha tendo-se generalizado após o fim da Segunda Guerra. E a cocaína, pelo que eu sabia, tinha história mais conhecida, desde o tempo do velho Quincas, saudoso pai do meu amigo. Era vendida em farmácias como alcaloide cientificamente denominado *Erythroxylum coca*, e daí chegava aos bordéis e às ruas. E hoje circula através de redes internacionais, das quais os pontos de venda das favelas são obviamente a ínfima ponta de um gigantesco iceberg.

De modo que os objetivos do movimento marista não eram muito claros. Entretanto, o capitão Inaldo Aragão tinha um bom motivo para comandar a Revolução.

Na época da Guanabara, Aragão era chefe de uma unidade militar situada à margem da baía e vizinha de uma das muitas favelas que ali nasciam e cresciam. Tomando como missão de honra impor fim ao tráfico de drogas no local, o brioso militar infiltrou espiões entre os moradores e frequentadores do antro, e após obter todas as informações necessárias, com amplo apoio das instituições, tanto civis quanto militares, deflagrou uma ação sem precedentes. Sem disparar sequer um tiro, a Operação Boca Rica, alusão ao nome pelo qual era conhecida a favela, foi coroada de êxito. O tráfico foi sufocado, a comunidade recebeu cuidados que jamais tivera, como obras de urbanização, instalação de água e esgoto, programas de saúde e cidadania, além de atividades esportivas e de lazer. Até mesmo o bloco de sujo da favela, que no carnaval saía "pra zoar e esculachar", transformou-se em uma simples mas bem organizada agremiação, o Grêmio Recreativo Escola de Samba Inocentes da Boca Rica. Seus sambistas, sobretudo os compositores, muitíssimo inspirados e sem buscar quaisquer vantagens financeiras, enchiam de orgulho a comunidade.

Entretanto, passado um bom tempo, o capitão Aragão, sonhando com uma promoção que nunca acontecia, recebeu um telefonema:

— Alô! Capitão Aragão? Tudo bem com o senhor? Eu sou advogada e estou lhe telefonando a pedido de um cliente.

A veludosa voz era de uma mulher jovem, insinuante e sedutora. O capitão Aragão quis saber do que se tratava.

— Meu cliente é o Baguidá. Ele era o dono do movimento da Boca Rica, que o senhor fechou, e quer fazer uma proposta pro senhor.

Aragão quis entender melhor.

— Ele diz que a firma dele está tendo um prejuízo muito grande com a boca parada. E eles têm um dinheirinho bom pro senhor, coisa de milhão, se o senhor aliviar a pressão pro movimento voltar a funcionar.

O honrado militar entendeu tudo e negou enfaticamente qualquer envolvimento na tramoia. Então, depois de insistir ainda um bocado, a pilantra se irritou, esganiçou a voz e baixou o nível:

— Ah, é? O Baguidá tá dizendo aqui que você tem uma semana pra resolver essa parada. Se não resolver, ele vai mexer os pauzinhos dele e você vai perder tudo o que tem aí nessa porra desse quartel.

E a ameaça se concretizou. Aragão foi afastado por "ordens superiores". E a Boca Rica rapidamente voltou a ser o que era, para tristeza da maior parte dos moradores. Entretanto, passado mais algum tempo, o capitão foi convocado a comparecer à sede do Superior Comando Militar, aonde chegou prevendo mais um aborrecimento. Mas não era bem assim: os superiores diziam que sua destituição tinha sido fruto de um equívoco; e que, para repará-lo, Inaldo Aragão seria promovido a um grau mais alto na hierarquia, como realmente aconteceu. Da mesma forma que, na Boca Rica, a morte de Baguidá e de seus principais assessores, em circunstâncias não reveladas, levou o controle da favela para as mãos de um grupo de senhores mais bem organizados, que mantinham, como era voz corrente, excelentes relações com vários círculos de poder, sobretudo lá em cima. Essa alusão trouxe à memória de Aragão aquelas *ordens superiores*, que tinham ditado seu afastamento. Mas a insurreição já estava em curso.

Como passo inicial, o comando marista pleiteou e conseguiu o apoio do prefeito do Rio, ex-aliado e agora inimigo da turma do Planalto. O apoio foi mais do que moral, pois o prefeito colocou à disposição do movimento homens e armas do exército que sua facção religiosa secretamente mantinha, desde muito tempo, com o fito de chegar ao poder absoluto em âmbito nacional. A deflagração do estado de insurgência foi marcada para

20 de janeiro, dia do santo católico padroeiro da cidade, que o prefeito não aceitava mas temia; e também como estratégia de despistamento.

Madrugada avançando, o Comando-Geral reunido para as providências finais, de repente, ao lado da lousa onde tinham sido riscadas as retas e setas finais da operação, alguém pediu a palavra. A voz era doce, pausada e encorpada; e vinha de um velho mulato acaboclado, cabelos grisalhos cortados à escovinha, como a barba e o bigode. Vestia à moda *art nouveau* do final do século XIX: fato completo, colete de brocado quase escondendo a gravata, colarinho alto e pincenê. E, ante o comando atônico, falou:

— Preclaros comandantes, com a devida vênia de vossas excelências, desejo tão somente acrescentar às estratégias o seguinte...

O espanto era geral. Ninguém tinha visto o velho nem entendia como ele tinha entrado na sala. Mas ninguém conseguia interromper sua fala.

— Não deveis temer a morte, pois ela não existe. O que de fato conta é a vida, cuja expansão elimina qualquer possibilidade de existência da morte. E aí reside o caráter benéfico da guerra.

Os comandantes ouviam petrificados.

— Imaginemos a guerra final entre duas facções depauperadas e famintas; e na frente de batalha, entre elas, um convidativo campo de batatas. O alimento não é suficiente para todos; nenhuma das hostes pensa em nutrir os inimigos. E a que deixar as batatas em paz será destruída. Então, um dos exércitos ataca e extermina o outro, para celebrar a vitória comendo todas as batatas da plantação.

Onde o velho mulato quer chegar? Ante a perplexidade geral, ele conclui:

— A guerra conserva: a paz é que destrói. Ao vencido, ódio ou compaixão. Ao vencedor, as batatas.

Segundo as anotações do Cicinho, o homem dizia ser filósofo e chamar-se Joaquim Borba de Assis.

Então, às sete horas da manhã, quando as principais igrejas começaram a bimbalhar os sinos em louvor ao santo, o capitão Inaldo Aragão declarou-se em armas, no que foi secundado, do litoral paulista ao capixaba, por todos os líderes maristas. O objetivo era tomar todas as prefeituras e respectivas instalações, mantendo as cidades e suas fronteiras sob o domínio dos regimentos locais.

No Rio, o bombeiro Evaristo, agora sargento e chefe militar, barba crescida, farda camuflada e a cabeça sempre coberta por uma boina vermelha caída para o lado esquerdo (*o do coração*), era o próprio Che Guevara. *Um che... colate*, cochichavam alguns menos respeitosos. Como ajudante de ordens, o *Sarja*, como era agora chamado, tinha sempre ao lado o bombeiro Feijoada, que não cabia em si de contente, por participar de evento tão heroico quanto histórico.

11

Só com a inauguração da nova capital foi que o padre Bento, depois de tantos anos de vida eclesiástica, ficou sabendo que o Brasil verdadeiro não era o do sociólogo Gilberto Freyre. Que nem todos eram "iguais perante a lei" nem tinham garantido o "direito à vida, à liberdade, à segurança e à propriedade", principalmente os brasileiros de pele escura. E assim, a "democracia racial" era só literatura, como permanece até hoje. Então, resolveu abandonar a vida relativamente confortável que levava na arquidiocese, mexeu lá os seus pauzinhos, foi ser padre mesmo, de rezar missa, mas numa outra igreja, a do bispo de Maura. Aquela onde seu Quincas, pai do nosso Cicinho, dizia ser tudo mais simples e mais sincero.

Na Igreja Brasileira, padre Bento, além de cumprir os ritos criados pelo hoje saudoso bispo de Maura, dedicou-se a um trabalho social de acolhida aos carentes, de alfabetização e esclarecimentos sobre os motivos da pobreza e do abandono em que viviam. Para os pretos e mestiços, e os demais que quisessem participar, o sacerdote criou um curso rápido de cultura afro-brasileira, com foco no racismo nacional, comparando-o com a segregação nos Estados Unidos e o *apartheid* na África do Sul.

Quando tomou conhecimento do movimento marista, o padre Bento, de início, manifestou interesse. Mas ao perceber que a ideia era exatamente o contrário do que pretendia, ou seja, uma grande picaretagem para aprofundar ainda mais o fosso econômico e social que emperra o desenvolvimento brasileiro, saiu fora e procurou apenas expandir o movimento que liderava.

Nesse momento difícil para o país, infectado pelos ares tóxicos da corrupção político-partidária enlaçada com a intolerância religiosa e outros males, o grande cavaquinista Vevé da Vila era já um homem velho e alquebrado. A vida pobre e desregrada tinha lhe tirado quase toda a firmeza e elasticidade dos dedos da mão esquerda. Então, aquelas diabólicas "aranhas" que outrora fazia, nos acordes mais complexos, a artrose tinha já condenado. E como o admirado virtuose jamais gravara seus solos e acompanhamentos, nem mesmo em fita cassete — lacuna alargada pela mania de esconder os dedos, para ninguém ver e imitar as maravilhas que fazia, como um Buddy Bolden do cavaquinho e do choro —, toda a sua arte se perdeu.

O que se via agora, pelas ruas de Vila Isabel e principalmente nas imediações do botequim do Cabelada

— cujo prédio dera lugar a um edifício tipo Barra, com a loja de uma concessionária da multinacional Seiko, de automóveis de luxo —, dava pena. O maluco Vevé vagava pelas ruas com uma caixa de madeira que volta e meia encostava no peito e ordenava: *Chora, cavaco!* Mas, segundo algumas versões, o que levava dentro da caixa eram, na verdade, as cinzas do seu ídolo Pau Queimado.

Longe dali, no apartamento do Harlem nova-iorquino, Dora Casemiro, acompanhava por videoconferências, com amigos e amigas em várias cidades do mundo, o desenrolar da rebelião. Ao lado de sua *best friend* Pamela Jones, torcia para que tudo desse errado. Mas, bairrismos à parte, ela torcia pelo Rio, onde ainda pensava criar, um dia, o Muhene, o Museu da Herança Negra.

Também nessa conjuntura, quando eclodiu a rebelião, pela qual a Zona Norte pouco se interessava, o capitão Inaldo Aragão, na chefia das operações militares da Insurreição Marista, planejou unir as forças litorâneas do Rio às dos estados de São Paulo, ao sul, e Espírito Santo, ao norte. Então, os maristas capixabas (da costa) prometeram as armas e os militares paulistas do litoral enviaram vultosa soma em dinheiro. Todos tinham pressa.

O almirante Weissmüller assumiu a responsabilidade do ataque às instalações da Ilha das Cobras; o capitão de fragata Zappattini ficou responsável pelo assalto ao Palácio Guanabara. Como, na véspera do ataque, o armamento prometido pelos capixabas ainda não havia chegado, o comando adquiriu, numa fábrica de material bélico em Paracambi, tudo o que encontrou.

Era urgente deflagrar o levante naquele dia, 1º de março, já que a guarda de fuzileiros navais do Palácio Guanabara estaria sob o comando de um oficial marista, o que só se repetiria um mês depois, tempo suficiente para que a conspiração fosse descoberta e desmontada.

No último momento, alguns militares paulistas reclamaram para si o ataque ao Guanabara. O comandante não cedeu. Mas, em revide, na hora da partida os paulistas não compareceram e o chefe teve que atuar com a reserva, constituída por mercenários recrutados na Zona Oeste carioca. 257 elementos desse contingente foram presos portando armamentos e munição. Isso alertou os ministérios militares, que decretaram prontidão redobrada, impedindo a tomada das bases aéreas do Galeão, de Santa Cruz e do Campo dos Afonsos, cujos comandos também estavam comprometidos com a rebelião.

Na parte marítima, o planejado sequestro do governador e do prefeito, que seriam despachados no alto-mar, não aconteceu. Mesmo assim, o comandante Reuters cumpriu sua parte; e apesar de ter recebido apenas um terço das centenas de homens que lhe tinham prometido, dominou os postos de guarda da Ilha das Cobras e, com o armamento assim obtido, armou seus soldados até ser atingido por um disparo que o deixou fora de combate. Do terraço, o novo comandante dos revoltosos, cujo nome Cicinho não guardou, impediu, com fogo cruzado, o avanço dos resistentes. Entretanto, de repente, uma esquadrilha em perfeita formação, voando baixo sobre a Ilha das Cobras, metralhou o último reduto dos rebeldes.

Então, como sempre, a revolução popular não deu em nada. E a imprensa limitou-se a noticiar o movimento apenas como um assalto:

> *Na madrugada de 11 de maio, elementos ainda não completamente identificados assaltaram o Palácio Guanabara, sede do governo do estado do RJ, mas foram repelidos pelas forças da legalidade, tendo sido os assaltantes capturados e recolhidos a uma das dependências do Complexo Penitenciário da Frei Caneca, onde aguardam os procedimentos que os levarão a julgamento no tribunal competente.*

Não podia dar certo. Já nos primeiros três dias daquilo que a imprensa amiga chamava de combates, centenas de integrantes das tropas maristas tinham sido recolhidos a hospitais da prefeitura. Eram homens sem nenhum preparo físico, dados como aptos em inspeções apressadas, com péssimos dentes e mau estado de saúde em geral, além de mal preparados para qualquer tipo de guerra, por mínima que fosse. Eram o retrato da saúde da cidade e do país. Além disso, os armamentos de que dispunham eram por demais precários, e o moral do grupo também era muito baixo. Tanto que a cada confronto era necessário servir cachaça ou cerveja aos soldados, os quais, aliás, na hora do rancho se empanturravam de comidas "de sustância", como exigiam: feijão fardado com arroz, macarrão e carne assada, com muito molho e bastante farinha. Na hora da briga, suavam frio e negavam fogo.

Até que no sétimo dia um pelotão veio avisar que na entrada da baía, entre o morro Cara de Cão e a fortaleza Santa Cruz da Barra, em Niterói, tinham chegado três navios de guerra, com nomes escritos em grafismos orientais, uma bandeira vermelha com estrelas amarelas, e os canhões apontados na direção do Palácio Guanabara. E que uma voz feminina dizia, pelo rádio, num sotaque difícil mas inteligível, que agora, aqui, ia ser igual a alguns países do Caribe, por exemplo: que são "estados livres", mas "associados" a outros mais fortes; que têm governador e parlamento, mas devem obediência a um "patrão" de fora. Mas logo se soube que essa notícia da invasão do Brasil pelo Dragão Vermelho era mais uma das *fake news* disseminada pela canalha daglionista. Os três navios eram, na realidade, unidades hospitalares flutuantes, cada uma com mil e tantos leitos, equipadas com recursos médicos de ponta, incluindo vacinas, que os orientais estavam oferecendo ao povo brasileiro. E isto porque, na mesma quadra histórica, chegava ao Brasil — ninguém sabe se por mar ou por terra — a Peste, com P maiúsculo. Mais braba do que a peste negra que assolou a Europa no século XIV; mais letal do que a gripe espanhola de 1918; pior do que todas as outras e agravada pelo quadro político-administrativo que castigava o país desde o tempo de Ilmer Daglione na Bruzundanga.

Entretanto, felizmente, quanto à soberania, tudo se esclareceu. E o povão aprendeu a respeitar o Grande Dragão, com sua crina vermelha, ardente, estendida ao longo do corpanzil de duzentos e tantos metros, sem escamas.

— Pois foi ele que fiou a seda, que inventou a pólvora, o papel fino, o carro de guerra e o macarrão de arroz. Sem os quais a humanidade não seria nada — dizia um sábio e sagaz sacerdote centenário.

Do ponto de vista interno, de qualquer forma, independente e além de todos os erros e falhas, o movimento marista já tinha, mesmo, sido delatado. Segundo voz geral, todos os indícios da traição levavam ao nome de certo Iracy Custódio de Almeida, *vulgo Epiceno*, reacionário de carteirinha, notório delator, metido a moralista, sabidamente desonesto, e sempre buscando mais um cargo em comissão em qualquer governo que aparecesse. E a traição abjeta, além de mortos e feridos, causou um estrago muito grande, tanto do ponto de vista moral quanto político. Mas acrescentou à gíria carioca dois termos realmente interessantes: o adjetivo *traíra* e seu derivado *trairagem*.

Nesse acinzentado cenário, aos 78 anos, mas aparentando uns 60 e poucos, o procurador estadual aposentado Maurício de Oliveira continuava calmo e sensato... Mas só na aparência. Por dentro, o outrora equilibrado profissional do Direito, bom papo, bom caráter, bom amigo, bom de *chinfra*, era agora um ser humano dilacerado pela injustiça e sedento de vingança.

Tudo começou numa quase manhã de domingo em que Marinete, voltando de uma *obrigação*, com duas filhas de santo, encontrou o portão de seu Ilê Axé arrebentado, as cadeiras das autoridades da casa todas quebradas, os cortinados de cetim rasgados, as vestes e demais paramentos rituais queimados, os vasos de louça e as quartinhas em cacos... Todas as paredes do barracão de festas pichadas com ofensas e ameaças... E na principal, sobre os estrados dos atabaques, em borradas letras garrafais, tortamente escrita, a assinatura final:

Tua Dextra Sinhôr Destrossa O Enimigo

(Êzodo, 15:7)

Mãe Netinha quis chorar e não conseguiu. Perguntou aos búzios qual teria sido seu erro ou sua omissão. E eles só lhe mostraram as faces fechadas. Todas elas. Mais alguns meses, ela se foi para sempre. O marido enfrentou tudo aquilo com uma tristeza bastante resignada. Semanas, meses, anos; de início quase fraquejando. Mas, passado mais algum tempo, em cada momento em que a depressão ameaçava chegar, uma voz se adiantava, vindo lá do fundo do seu ser:

— A morte é poderosa e inevitável, mas não destrói a vida, só muda a condição. A vida continua, no carinho dos parentes, na amizade dos amigos... E se perpetua na vida dos filhos e demais descendentes. Nossos entes queridos só morrem quando não são mais lembrados — assim falava Mãe Netinha.

As cerimônias fúnebres em honra da finada ialorixá, o *axexê*, como diz o povo de axé, duraram nove dias seguidos. E a passagem de sua essência, agora pura energia, para outra dimensão da existência, no mundo espiritual, precisava ser marcada por cerimônias que vão além daquelas que constituem o funeral propriamente dito. Porque estas se restringem apenas a manipulações visando a atender às transformações materiais, do corpo físico. Mas os ritos agora realizados se referiam à transformação espiritual já em curso.

Quanto mais importante para sua comunidade religiosa for a pessoa falecida, mais vínculos terão de ser cortados, porque tudo ou quase tudo existente nos lugares onde vivia e passou por suas mãos recebeu o seu axé, sua energia sobrenatural, que não vai se diluir ou desaparecer e, sim, integrar-se à força de seus antepassados e de sua comunidade. Assim, após o sepultamento do corpo de Mãe Netinha, sua comunidade, então provisoriamente dirigida por sua Iá Quequerê, sua "mãe pequena", comandava os rituais. Nesse caso específico, muito bem orientada pela consulta a Ifá, o senhor do destino, feita pelo babalaô da casa.

Tratava-se daquele jovem "Mocinho de Oxeturá" que conhecemos tempos atrás. Vestindo roupa imaculadamente branca, a cabeça respeitosamente coberta, como aliás todos os presentes — as mulheres com lenços, os homens com gorros, inclusive o viúvo — o babalaô entoou e conduziu os cânticos, ritmados pela batida surda de abanos especiais, nas bocas de porrões cheios de água, num som cavo, que evocava vozes sobrenaturais.

As cerimônias se estenderam por nove dias. No meio da sala onde as cerimônias se desenrolaram, uma vela permaneceu acesa, representando o espírito da homenageada, da qual, os presentes se despediam, depondo, num prato branco, moedas simbólicas de despedida, desejando boa viagem. No último dia, o babalaô Mocinho colocou no punho esquerdo de cada um dos presentes o fio de palha da costa que simbolizava não só o luto como a proteção contra a morte, circunstância natural mas jamais desejada, por constituir a mais extrema forma de perda da força vital.

Marinete Alves Campos, a Mãe Netinha, não teve filhos biológicos. Mas gozou da estima de muitos amigos e parentes. Como a tia chamada Epifânia, que, tempos atrás, veio da Bahia pra passar uns dias e nunca voltou pro Tororó. Engraçado é que só com o falecimento da querida Marinete é que se soube que ela vinha a ser prima distante do baiano Eládio, o primeiro membro da família do Cicinho a viajar de avião. Mais ainda, que entre ela e Dora Casemiro havia laços, distantes mas reais, que remontavam a um tataravô branco, senhor de engenho no Recôncavo Baiano, membro da Irmandade de São José e próspero traficante de escravos. Da gema!

Além de gente muito boa, Mãe Netinha era cordata e tolerante ao extremo.

— Cada um com seu cada qual — dizia. Nessa linha reta, fizera amigos em todas as searas: budistas, batistas, umbandistas, adventistas... E um dia recebeu uma carta, enviada pelo velho amigo Geraldo Pires, afamado médium kardecista, mineiro de Uberaba, mas radicado na Bruzundanga desde o tempo do inominável Ilmer Daglione. A carta continha uma mensagem psicografada, endereçada a ela. Alegadamente escrita pelo espírito de certo *Chicão de Xangô*, descrevia a passagem do signatário para a Vida Eterna, e colocava as energias do mártir do Araguaia — como se identificava — à disposição do movimento marista.

Marinete se arrepiou toda ao ler a mensagem. Era prima do guerrilheiro e tinha perdido também um irmão na guerrilha. Sua família era uma das mais admiradas, entre os estivadores do cais da Bahia. Ela e Cicinho eram amigos e colaboradores de uma conhecida militante do Movimento Negro, assassinada a caminho de casa na Boca Rica, comunidade onde fora criada. O crime ocorreu poucos dias antes da invasão do terreiro e da morte de Mãe Netinha. E algumas linhas de investigação policial, que incluíam viagens secretas à Bruzundanga, cruzavam ambos os eventos.

Na casa do Bairro Araújo, em Vista Alegre — um oásis de conforto, se comparado com Barra, Recreio, Jacarepaguá e as Guaratibas: Pedra, Barra e Ilha —, tudo sempre fora motivo pra festa. Mas, depois que Marinete se foi, tudo mudou. A condição de viúvo marcava, agora, a nova personalidade do Dr. Maurício de Oliveira. Das entranhas do estudante calmo e boa praça, do sambista amigo e tolerante, do procurador implacável mas justo, surgia agora o frio, calculista e vingador "subtenente Oliveira".

12

O subtenente Oliveira queria vingança, a qualquer preço. Mas o procurador Maurício, discreto e cauteloso, assumiu o caso. E o fez em conversa com um colega do tempo de CPOR, agora oficial graduado da polícia estadual, o qual, por sua vez, pediu a ele que deixasse tudo por sua conta.

A conversa, de alto teor explosivo, ocorreu em lugar incerto e não sabido. O que se sabe é que a boca, a garganta e o estômago dos dois interlocutores foram regiamente regados com inúmeras garrafas do vinho tinto Casillero del Diablo, *cabernet sauvignon*, harmonizado com porções de carnes argentinas e queijos franceses. Cicinho era cervejeiro, mas o coronel, do alto de sua experiência, insistiu:

— Bebe aí, malandro! Bebe pra esquecer que já foi pobre, cara! — Então o resultado da secretíssima reunião foi que o procurador chegou em casa "chamando Jesus de José", em péssimo estado emocional e físico, caindo na cama do jeito que estava, só descalçando os sapatos.

Dessa forma, nosso herói, quando deu por si — se é que deu mesmo — sem desautorizar o colega coronel, já havia acionado relacionamentos secretos que mantinha fora do país, mais exatamente na Mãe África, no norte da República da Nigéria, em território dos aguerridos povos hauçás e fulânis, outrora inimigos, hoje miscigenados, resolvendo ao seu jeito os problemas seculares que marcam suas existências.

Algum tempo depois — ou de imediato? —, na sequência da "solução africana" buscada pelo antigo aluno do CPOR, subtenente da reserva Maurício de Oliveira, o jornal *Tribuna Democrática* noticiava em manchete escandalosa:

Tabernáculo devocional arde no fogo dos infernos.

Segundo o jornal, o sinistro começara na "Arca do Tesouro", compartimento do templo onde os líderes da instituição religiosa armazenavam o dinheiro reunido nas coletas e dízimos. E a notícia foi compartilhada por diversos noticiários de rádio e tevê dias seguidos. Porque os incêndios iam se repetindo nos inúmeros templos mantidos pela Devocional, e se alastrando por todo o Rio de Janeiro, como uma epidemia.

Ninguém sabia ao certo o que estava acontecendo. Os supostamente bem-informados diziam que era a Insurreição Marista. Outros achavam que a Bruzundanga estava entrando com suas tropas para dominar o Brasil. Outros mais diziam que era o fim do mundo. Quanto ao subtenente, até a partida da querida Marinete, o que ainda lhe distraía um pouco era a picanha maturada, *queimada* à beira da piscina da ampla e bela casa, aos sábados. No bom tempo, volta e meia o ínclito procurador armava lá um pagode, assim meio por acaso, com a presença de convidados de altíssimo nível.

Tia Epifânia é que não gostava nem um pouco. Mas tinha uma boa desculpa: sábado era o dia de ir cedinho pra Igreja, e ficar lá até a noite. Porque era missionária congregacional e passava o tempo todo louvando o Senhor, e orando ao Espírito Santo, para que o *sobrinho* um dia *se arrependesse* e *O* aceitasse... *Em nome de Jesus*.

As coisas, agora, já não eram mais como no tempo de Marinete. O astral era o pior possível. E, na sequência destes acontecimentos, Kawuna entrou na vida do procurador aposentado Maurício de Oliveira.

Não! Kawuna não é uma mulher. Trata-se de uma antiga cidade-estado, no norte da Nigéria, que abriga, desde o século XIX, um dos redutos mais fortes do islamismo africano. Há algum tempo, nosso herói mantinha importantes relações de amizade e negócios por lá. E agora ele tem uma dívida com os guerreiros da Harama ("firmeza", no idioma hauçá), organização que colaborou em sua "*jihad* macumbeira", como ele diz. *Jihad* é "guerra santa". E foi esse tipo de guerra que ajudou a calar e dizimar — no sentido real e não no de "pagar dízimo" — a ameaça que pairava sobre o Rio de Janeiro e todo o país. Por isso aqui está ele, depois de ter cruzado o Atlântico, na direção de Kawuna, antiga cidade-estado dos hauçás-fulânis, aliás ancestrais do brasileiro Marighella, morto na luta contra a ditadura de 1964. E veio não como Dr. Maurício de Oliveira, procurador de justiça, e sim trajando o velho uniforme do CPOR, que o identificava como "subtenente Oliveira".

Uma das principais cidades dos estados nigerianos do norte, Kawuna é a mais típica dentre todas elas. Com amplas avenidas e áreas especialmente criadas para abrigar edifícios comerciais e do governo, seu projeto urbano compreende bairros para moradia de funcionários, muitos deles servidores das forças armadas do país. No século XIX, ao mesmo tempo em que os ingleses divulgavam a ideia abolicionista na região, em atenção aos seus interesses econômicos, o reformismo muçulmano se reacendia, para corrigir desvios e deso- bediências aos mandamentos do Alcorão. E o norte da atual Nigéria, que ainda não tinha esse nome, tornava-se um importante reduto islâmico. E foi daí que partiram as ideias e os recursos que tinham possibilitado a vitória do subtenente Oliveira contra a intolerância religiosa, que ameaçava as religiões de matriz africana no Brasil. Por isso, nosso subtenente estava realmente animado. Mas as coisas não saíram exatamente como imaginava.

O avião da Nigeria Airways, depois de atravessar o Atlântico, teve lá um problema, que não foi informado aos passageiros — nosso herói, pelo menos, não ouviu nada — embicou no rumo noroeste e aterrissou no

Aeroporto de Ibadan, do qual ele nunca tinha ouvido falar. Lá, desembarcou aturdido, com o dia apenas clareando, sem saber onde estava. E aí — paciência! — se deixou levar, numa van, por uma estrada esburacada seguindo outras cinco ou seis pessoas que pareciam tão perdidas quanto ele.

A cidade era uma daquelas antigas, rodeada e entremeada de grandes árvores e descrevendo um grande círculo na base de uma montanha rochosa. Agora, o dia já claro, nosso herói podia contemplar uma das paisagens mais deslumbrantes que seus olhos jamais tinham visto.

O subtenente Oliveira e seus companheiros de viagem atravessaram a estrada e entraram na cidade pelo portão que dava para o norte, como o sol indicava. Depois de uns vinte minutos de caminhada, chegaram a uma espécie de ampla casa de campo, onde, na espaçosa varanda, sob um imenso e rotundo guarda-sol, uma autoridade, cercada de um numeroso séquito, os esperava. A comitiva, se é que posso chamar assim, era antecedida, desde a saída do aeroporto, por uma banda que misturava cornetas e flautas estranhas com instrumentos nativos de percussão. E a música tinha atraído uma multidão de mulheres velhas e jovens, senhores e crianças, que não puderam atravessar os portões, como os recém-chegados. Tratava-se de uma inexplicável recepção oficial. E o *sub* não fazia a mínima ideia do seu papel naquela cerimônia cheia de rapapés.

Imaginem! Nosso herói viajou até a Mãe África para encontrar os *Jihadistas Radicais*, mas não foi nada disso o que aconteceu. Observem!

O rei vestia-se com a pompa de um monarca tradicional, mas não dos hauçá-fulânis. Mesmo porque não estava no norte da África e sim na região do golfo de Benin, no oeste do continente africano.

Todo de vermelho, sentado num trono dourado e tendo na mão um machado de duas lâminas, o rei tinha o rosto e a boca cobertos pelos fios de mínimas miçangas que lhe desciam da coroa, chamada *adé*. Então, dele, só se viam os olhos.

Bastante confuso, Maurício de Oliveira procurava entender como tinha ido parar ali, porque não estava em Katwuna coisa nenhuma. Ele estava era no sudoeste da Nigéria, em Oyó, diante do Alafim, cuja voz era — que doideira! — a do saudoso colega Chicão, o herói do Araguaia. Que recebeu Cicinho com uma gargalhada debochada e o desafio irrespondível, lançado no mais carioca dos estilos:

— E aí, meu camarada? O subtenente Oliveira não tá com nada. Nós é que vamos lá resolver aquela encrenca. Cumequié? Onidajó ou Igbesán???* Vamos ou não vamos? Agora, só depende de você.

Sonho brabo, esse! Data venia. Mas o curioso é que não foi um pesadelo sem pé nem cabeça. Foi tudo estruturado, em sequências lógicas e muito reais.

---

* Onidajó, na língua iorubá, significa "justiça". Igbesán é "vingança".

*

É sexta-feira. O doutor Maurício de Oliveira passou metade do "expediente" na Biblioteca Nacional, pesquisando mais um pouco sobre o "mistério do presidente preto", tão preto que "ao seu casamento, com uma mulher branca, o pai e a mãe da noiva não compareceram, por não admitirem o matrimônio. E não falaram com ela nunca mais..." — diz lá um livro duvidoso, talvez mentiroso, folheado na *Bilô*, apelido irreverente da solene casa de leitura. De onde, atravessando a Rio Branco, foi almoçar no Amarelinho.

Contrafilé à Oswaldo Aranha! Excelência das excelências!

Estômago pacificado, o velha guarda confere o inseparável Omega no pulso direito, enquanto, da mão esquerda, o rubi do anel brilha no coração da Cinelândia, no velho Amarelinho, de tantas histórias.

Três horas da tarde já: o dia passou rápido. E só agora ele percebe o mês e o dia: fevereiro, 2. Dia de festa no Mar. Isso posto, nosso mestre pede ao Gomes, amigo de muitos anos, que traga a "dolorosa".

Igbesán é um prato que se come frio, pensa ele, parodiando o conhecido provérbio. E assim, passada a turbulência, eis aqui de novo o sábio procurador, todo no linho branco, *guayabera* cubana, boné Kangol. Muito bem aposentado, levou todo o primeiro expediente ali filosofando. Na volta do garçom, o emérito procurador, no exato momento em que enfia o cartão na maquininha, ouve um som diferente e apura o ouvido.

Vem de longe o som, mas se aproxima: é o tilintar ritmado de muitos agogôs norteando a caminhada de atabaques e xequerés, na cadência da marcha guerreira. "Vem do povo ijexá essa cadência. Da gente da ialodê Oxum e do ologum Edé", a mente do doutor interpreta. E o corpo responde com um arrepio e um tremor, nada recomendáveis naquele lugar e naquela circunstância, sobretudo em um membro do ministério público.

O batuque vinha da direção do mar, das águas da Praça Quinze, e avançava pela rua Santa Luzia... Mas começara longe, muito longe.

Cumpridos os preceitos de estilo, com a libação aos ancestrais e as oferendas propiciatórias a Exu Lonan, o dono dos caminhos, o Afoxé saiu, em cortejo, todo de branco.

A orquestra, de 256 atabaques (runs, rumpis e lês), 160 agogôs e 64 xequerés, retumbava, repicava, tilintava e chacoalhava o ijexá mais lindo que nossos ouvidos já tinham ouvido, apoiando o coro de 4.096 vozes, masculinas, femininas e infantis.

"*Afoxé loni, loni ilê ô...*", a cantiga ecoava por toda a Zona Oeste.

A concentração fora na praia de Sepetiba. E o cortejo, aberto por 32 cavalarianos da Polícia Militar em trajes de gala, percorreu, durante dois dias e duas noites, sem cansar nem parar, as principais vias da Zona Oeste à Baixada; da Baixada à Praça Onze; da Praça Onze à Praça Quinze.

"*Ê, Ialodê, Ialodê, Iá*", solava uma voz igualzinha à de Dorival Caymmi. Mamãe Oxum, que é "assim" com Exu-Eleguá, garantia a beleza do cortejo. Que, a cada esquina a que chegava, arrebanhava mais gente, literalmente encantada por aquele som. E "afoxé" significa, mesmo, "encantamento".

À frente do cortejo vinha o padre Bento, dançando uma dança de guerra, à moda zulu, o que acentuava sua semelhança com o bispo Desmond Tutu. O clérigo empunhava um belíssimo estandarte dourado no qual se liam, bordadas em azul, as seguintes palavras de ordem:

LÁTI GBÁ! UJÍTU! RESPEITO!!!

Pelo caminho, entravam padres, pastores, operários, camponeses, soldados, prostitutas, curandeiros, meninas grávidas, kardecistas exercendo seu livre arbítrio, motoqueiros, motoristas de aplicativos, vans clandestinas, pais de santo de todas as denominações, inclusive marmoteiros, políticos demagogos etc. etc. etc.

Inebriados e beatificados por aquela música encantadora, componentes e aderentes não estavam nem aí. Pulavam valas negras, driblavam focos de *Aedes aegypti*, desviavam-se de orelhões quebrados, postes com fios arrancados, ônibus com pneus arriados, trens atrasados... Todos cantando, dançando e sorrindo; sorrindo, dançando e cantando.

"*Ê, ê, ê, ê, ê, Logum elebokê...*", as frases das cantigas eram vez por outra intercaladas de breques, interjeições e emissões felizes: "Aleluia!", "Evoé!", "Hosana!", "Saravá!", "Shalom!", "Salam!", "Ommmm..."

Até que, na paz, no amor e na harmonia, o Afoxé, depois de passar pelo Amarelinho, voltou ao ponto de partida e se dispersou, numa nuvem dourada, de serena alegria.

Do seu canto, que é em todos os cantos e espaços, entre a Terra e o Céu, Exu-Eleguá sorveu um gole, deu uma baforada e sorriu satisfeito, sentindo-se recompensado.

Porque a Vida é isto: a instabilidade que precede o equilíbrio; a transgressão a partir da qual se estabelece a ordem; o saber e a estultice; a falta e a pena; o erro e o perdão; a culpa e a remissão; o "céu" e o "inferno"; o ir e o voltar; o mal e o bem inerentes a tudo; a dinâmica, enfim, sem os quais nem o Universo nem os seres humanos existiriam.

Nei Lopes, maio de 2022